# 我抓鬼的日子

## 之10 不死情緣

大結局

君子無醉——著

# 目錄

# 第一〇一章

# 神秘世界

荒蕪廣闊的西倫古海之中，到底隱藏了多少秘密?!
我的心緒澎湃激動起來，此時我感覺到，
正接觸一個龐大的神秘世界，這世界比九陰鬼域更詭秘更離奇！
我的手指有些哆嗦地翻開了最後一頁資料。

「教授，你的話我明白了。」我看著盧朝天，不禁有些敬佩和感激。

盧朝天微微一笑道：

「方曉，你的探索精神也讓我非常佩服。我這裏有一份絕密文件，你帶回去看，說不定對你接下來的行動有很大幫助。」

盧朝天從衣袋之中掏出一個小信封，塞進了我的口袋，低聲道：「看完記在腦子裏，原件一定要燒掉，不然的話，萬一被查出來，麻煩就大了。」

「我懂的，盧教授，謝謝你的幫助，我一定及時和你聯繫。」我握著盧朝天的手，滿心感激地說。

「不用這麼客氣，你自己這麼辛苦，都沒有說什麼，我只是出了一些力。」

盧朝天拍拍我的肩膀，說道：

「好了，你先回去吧，我去陪他們三個聊聊，還不知道該怎麼和他們說呢，頭疼啊。」

「呵呵，這個事情我可就幫不上您了。」我訕笑一下，領著冷瞳一起出了怪病研究所，回到了紫金別墅。

我進了自己的房間，將房門反鎖起來，窗簾也拉嚴了，然後開了燈，趴在桌子上，小心翼翼地將盧朝天給我的信封打開了。

我看到第一張紙上一行大字：「西倫古海日月冕資料綱要」，然後是一張黑白圖片。那圖片是照片的影本，模糊不清，我依稀辨認出來，照片裏拍的是一道斑駁古舊的石門。石門之上鐫刻著一隻陰沉的鬼眼，鬼眼如同石門的守護人一般。

我接著看下面的內容，是對一處古代遺址的介紹，遺址的名字叫做西倫古海。

西倫古海曾經是塔里木盆地的積水中心，發源於天山、崑崙山和阿爾金山的河流，如塔里木河、孔雀河、車爾臣河、疏勒河的彙集處。這些河流在盆地彙集之後，形成了巨大的內陸海。後來，海水減少，古海附近的城市如樓蘭古城成了廢墟。

一九二一年後，塔里木河東流，西倫古海水量又有增加，一九四二年測量時，有效水面積達三千平方公里。

一九六二年有效水面減少到齊百六十平方公里，一九七〇年以後乾涸，主要原因是塔里木河兩岸人口增多，使其長度急劇萎縮至不足一千公里，三百多公里的河道乾涸，最終導致古海乾涸。

古海附近曾經繁盛一時的城市如敦煌、哈密、鄯善、吐魯番、庫爾勒、若羌等城市都淹沒在風沙大漠之中。

二十世紀初，瑞典探險家斯文・赫定首次進入西倫古海之後，西倫古海逐漸為人所知。但是，現在的西倫古海已成為一片沙漠。

資料上列舉了數十個發生在西倫古海地區的靈異事件。我越看越心驚，越看越疑惑。我沒有想到，除了風門天坑之外，還有這麼一個地方，居然會有這麼多怪異事件發生。

六十年代初，西倫古海附近發現了一個古城遺址，一些人想去淘些古物，後來不知發生了什麼事情，那些人死的死，瘋的瘋。瘋者行為異常活躍，最後全都筋疲力盡而死，驗屍後發現，他們身上有未知毒素、胃中殘留未知植物，估計是因為食用了未知植物才使他們發瘋的。

瘋者的腳部爛了，而他們毫無知覺。更令人震驚的是，他們在這種狀態下，還帶回來了一些拓片和古代裝飾品碎片，還有一塊玉鐮。

而六十年代，西倫古海附近經常有目擊者稱看到了一些異類生命體。隨著事件的影響擴大，有關部門開始介入調查，調查人員與異類生命體發生了衝突，衝突中被輻射源照過的人會變成無生命特徵的生命體，而人類毫無還手之力。後來就在西倫古海附近，也就是那些異類生命體經常出沒的地區進行了幾次定點核爆，那些異類生命體從此消失了。

這份資料的核心部分，是「日月晃事件」部分。首先是一張老舊的照片，照片上站著兩個長得一模一樣的人。我本來以為那是一對雙胞胎，卻不料照片下方赫然有一行小字：「複製人」。

我不覺心裏一驚，繼續往下讀，才知道了這個驚天秘密。

在六十年代初，西倫古海附近出現了大量鏡像人，又稱複製人，根據後來的統計和核實，被複製的人數上千，甚至有整個部隊都被複製了一遍的。

這個情況在高層引起極大震動，北城特地組織了龐大的科考隊伍奔赴西倫古海進行調查。就是大這次調查中，考察隊與那些盤踞在西倫古海附近的異類生命體產生了衝突，整個事件形勢越來越詭異和緊張，傷亡人數和未解之謎不斷增加。

核爆之後，異類生命體全部消亡了。而核爆對當地的生態系統也產生了毀滅性的影響，當地變成了一片人跡罕至的乾涸沙漠。

事件調查最終得出了以下幾條推論：

第一，複製人的出現，很有可能是那些異類生命體所使用的某種詭秘武器的影響，產生了複製現象。

第二，也有可能異類生命體的繁殖方式，就是進行自我複製。而它們的這種複製能力，可能會像病毒一樣，傳染周圍的高級生命體，使之也具備了複製自身的能力，從而產生了複製人。

第三，異類生命體可能是來自外太空的高級生命，它們在西倫古海地下藏有中心基地一種非常怪異的能源發射中心，它們使用能源發射中心與原本所在的星球上的同伴聯絡。它們使用的傳輸信號不是普通的電磁波，而是一種人類不瞭解的物質，這種物質對人類的身體會產生影響，從而導致複製人產生。

而就在「複製人」出現之後不久，西倫古海附近還出現了一件非常詭異的事情。這件事情也成了最終決定對西倫古海進行核爆的重要原因之一。

西倫古海附近的沙漠之中，一直有一支殘留的部隊沒能消滅。這支不足千人的殘餘部隊，卻給我們的軍隊造成了極大的威脅和痲煩。

當時，這支殘餘部隊的軍人基本上都發生了異變，他們的身體機能得到了大幅度的提升。比如大部分人擁有極強的夜視能力，夜間可以借助微光進行精確射擊。

駐紮在西倫古海附近的一支部隊，曾經活捉了這支殘餘部隊中的一名軍人，發現他全身赤裸，皮膚表面嚴重鈣化，甚至生出了一層細小的黑黃色鱗片，而他的五官更是發生了變異，吻部突出，舌頭細長，眼睛圓鼓，鼻孔細小，看起來完全不像一個人類。

更加令人震驚的是，這名俘虜雖然發生了極大變異，卻依舊能夠講話，也能夠聽得懂人話，那個俘虜似乎壓根兒就不知道自己身上發生了恐怖的變化。

那名俘虜被關押了起來，可是，當天夜裏，他居然挖了一條沙坑地道逃走了。當戰士們沿著沙坑地道追出去的時候，在地道的出口處撿到了一張人形的蜥蜴蛻皮。也就是說，那個俘虜逃出去時蛻了一層皮，異變再次加劇了。

那張人形蜥蜴皮被送到北城進行研究，幾天之後，當地所有駐軍緊急外撤，同時遷移了西倫古海境內所有原住民，形成了一片縱深上千公里的無人區，緊接著在那片無人區開始了核爆試驗。

荒蕪廣闊的西倫古海之中，到底隱藏了多少秘密?!

我的心緒澎湃激動起來，此時我感覺到，馬上就要接觸到一個龐大的神秘世界了，這個世界，比九陰鬼域更詭秘，更離奇！

我的手指有些哆嗦地翻開了最後一頁資料，再次看到了第一頁的那扇古老斑駁的獨眼石門。石門照片下面是一行小字：

「西倫古海月牙谷底千人墓葬群主墓入口石門照片」。

我終於明白這扇石門的來歷了。它是一個大型墓葬的石門入口，它果然是穿越了滄海桑田，帶著死亡氣息重現於世的不祥之門！

我繼續向下看去，是一個小標題，「日月冕殘片出土概況」。

「日月冕」一開始是行動的代號。因為，當時前往月牙谷底考察千人墓葬群的考古隊，一開始就是因為發現了一件日月輪轉的骨玉殘片，才找到了墓葬群的確切所在的。

這次考察是在核爆之後，這個千人墓葬群，就是因為核爆的巨大震盪衝擊，才從沙層底下暴露了出來。而考古隊在千人墓葬群的主墓裏，遭遇了一件極為詭異的事情。

他們在墓室裏找到了一部形狀極為怪異的機器。後來經過大批專家的現場研究和試驗，發現那是一部超越現有人類科技的超自然物質機器，甚至有可能產生鏡像反物質。出於安全考慮，他們沒有移動那部機器，而是將它秘密封存了起來。

當年，科學家們試圖開啟那部機器，卻發現無論給它注入多大能量，它卻始終沒有任何反應，就像黑洞一般，只是不停吸收。後來一直風沙瀰漫的月牙谷上空，居然飄來了一片黑雲，而且還發生了劇烈的閃電。於是，他們將考古隊通訊車上的通信天線拆了下來，架設在月牙谷底的一處山坡上，又用電纜將天線和那部機器的送電口連接起來，把雷電直接引到了機器之中。

通過閃電擊打的辦法，那部機器運行了數秒鐘，而且還完成了一項「生命複製及時空轉移」試驗。

那部機器上面有一個明顯是用來放置物品的小平臺，他們就將一塊烤羊腿放了上去。機器啟動之後，烤羊腿就如同昇華的乾冰一般迅速縮小消失了，與此同時，在機器地下的另外一個平臺之上，卻出現了一條剝了皮的血淋淋的新鮮羊腿，羊腿上的肌肉甚至還在抽動，就像是剛從羊身上砍下來一般。

按照那個狀況來看，如果當時在機器的操作平臺上放一具乾屍的話，很顯然，機器啟動之後，將會出現一個活人！也就是說，整個世界都可以重來，人可以無限重生，永無止境！

這個事情立刻向上級彙報了，接著，他們卻接到了一條命令：機器就地掩埋封存，所有人立即撤回，要嚴守秘密。在沒有研究透澈之前，沒有人敢真正啟動那部機器，那畢竟是一種未知力量，輕舉妄動產生的惡性後果，誰也無法承擔。

那部詭異的機器從此一直封存著。事情並沒有結束，而且確切來講，壓根兒還沒有開始。

我知道盧朝天為什麼要把這份資料給我了。很顯然，他想要讓我去找那部機器，然後用來消除九陰鬼域周邊的雷鳴電網。

可是，為什麼盧朝天會隨身帶著這份絕密資料呢？當時他也只是剛剛獲知我要用消除雷鳴電網的方法來消除九陰鬼域，在此之前，他怎麼會準備好這份資料呢？

我的心中充滿了疑惑。我拿起電話，想給盧朝天打過去，但是撥了幾個號碼之後，就把電話放下了。我心中有些預感，覺得這個事情可能不簡單。

盧朝天之所以一直這麼慷慨地幫助我，說不定是另有目的，我可能一直都把他看錯了。

我依照盧朝天的要求，將那份資料點燃，眼看著它完全燒成灰了，這才打掃乾淨，開門走了出去。

天已經黑了，冷曈正陪著玄陰子在客廳裏吃飯，林士學和二子也在。冷曈笑著跟我打招呼，給我端了飯菜過來，讓我吃飯。

「一個人躲在房間裏研究什麼呢？神神秘秘的。」二子擠眉弄眼地問我。

我訕笑了一下，看了看林士學，問道：「林叔叔，前面我和你說的事情，有沒有幫我問到什麼？」

「暫時還沒有，」林士學嘆了一口氣，說道：

「這個事情屬於機密，根本沒辦法查到消息。我已經給寶琴打了電話，委託她去查這個事情，我讓她有消息了直接聯繫你。」

「那謝謝你了，林叔叔。」

「不用客氣，都是自己人。」林士學又問道，「這個事情，你到底準備怎麼辦？」

「暫時還不清楚，只能走一步看一步了。不過你放心，我會小心的，肯定不會惹事的。」我知道林士學擔心我出事，就給他吃了一顆定心丸。

「嗯，那就好，總之萬事小心為上，我也知道你急著把老人家的病治好，不過不能操之過急。你有什麼困難儘管找我，只要我能夠幫上忙的，一定不會推辭。」林士學微笑道。

「好的，我知道的。」我低頭吃飯。

「二子，你趕緊吃完飯，跟我走，咱們今晚就出發。」林士學對二子說道。

「你們要去哪兒？」我好奇地問道。

「去北城，訂婚。」二子訕笑道，「先訂婚，六月六再辦婚禮。怎麼樣，你要不要當伴郎？」

我不覺一怔，看了林士學一眼，笑道：「林叔叔，那要恭喜你了。」

「呵呵，沒什麼，我也一把年紀了。」林士學有些尷尬地笑了一下，不太想繼續談這個話題。

「哎呀，表哥啊，這沒什麼不好意思的。再說了，靈堂裏那位不是也已經同意了嗎？這就不用忌諱了吧？說了也沒事的。」二子開始調侃他。

「你少說兩句，趕緊吃飯吧，不說話沒人當你是啞巴。」林士學打斷二子的話，站起身道：「我吃好了，你們慢用。」就轉身上樓去了。

「真是的，沒點情趣，這人啊，真是悶到家了。」二子有些無奈地說。

「好了，你少說兩句吧，在你身後站著呢。」我抬頭看了二子一眼說道。

「啊？啥？」二子這才老實下來，連忙低頭吃飯，不敢再說話了。

林士學和二子急匆匆地離開了，玄陰子帶著冷曈坐在客廳裏看電視，一老一少聊得格外歡樂，氣氛很溫馨，這讓我找到了一點家的感覺，但是也更加掛念姥爺，暗想如果他老人家現在沒有出事的話，應該也坐在這裏和小丫頭聊天的。

我的心情有些壓抑，快快地回到房間裏拿起電話，準備給玉嬌蓮打過去，卻不想電話還沒有撥出，已經有電話打進來了，是一個陌生號碼。

我有些疑惑地接了起來，這才發現，打電話的人居然是泰岳。

「喂，你小子，現在忙完了沒有？」泰岳甕聲甕氣地問道。

「剛忙完，你很會掐時間。」我笑道。

「嗯，我的事情，你還記著吧？」泰岳問道。

我不覺微微一笑，一邊和他說話一邊翻背包，找從九陰鬼域帶回來的屍衣，說道：

「放心吧，我都準備好了，你那邊什麼時候開始？正好我有一件事情要找你幫忙，到時候我過去幫你的忙，順帶把你借過來用幾天。」

「你又有什麼屁事？」泰岳好奇地問道。

「電話裏說不清楚，總之，我找到了消除九陰鬼域的辦法，但是需要找到一個東西，這玩意兒不太好找，我們又得跑一趟才行。」我笑道。

「那好，我這邊也快了，大約一周之後吧，你要是有時間的話，就早點過來，陪我喝喝酒。」泰岳說話的當口，好像又喝了一口酒，問道：「你到底有沒有把握？」

「你是指哪方面？」我問道。

「就是你說過的那個，九陰九陽的血髓，還有雷劫，你到底能搞定不？」泰岳的氣息變得有些急促。

「這個事情先不說，你能不能和我說說，你和嫂子到底是怎麼回事，可以嗎？說實話，我一直很好奇，你們的身分到底是什麼。」我皺起了眉頭。

「你真想知道？」泰岳笑問道。

「那當然，我很好奇。」我回道。

「好吧，那我告訴你吧，我是神仙。」泰岳非常嚴肅地說道。

「你去死吧！」泰岳明顯是在扯淡，我禁不住有些發怒。

「好了，不說這些廢話了，老子就是個普通人，有點特異功能而已，這種事情，你應該很容易理解。我實話告訴你，我自己也不太清楚。你嫂子的事情，倒是真的有點邪乎。」泰岳大著舌頭說道，似乎是喝得有點多了。

「嫂子是什麼情況？你最好和我說清楚，不然我還真不好幫你。」我皺眉問道。

「你先告訴我，你是怎麼想的吧，說實話，我也很好奇你的看法。」良久，泰岳才沉聲說道。

「我猜她可能是山香草靈，萬事萬物得天地日月精華，都可以擁有靈性，成為精怪。嫂子一直和山香草有關，所以，我覺得她可能是山香草吸收天地日月精華之後形成的精靈。對不對？」

泰岳哈哈大笑起來，然後有些無奈地說道：

「你當這是《白蛇傳》呢？還山香草精靈，你倒是很會想像。」

「我想不出別的情況。」我被泰岳說得有些尷尬。

「嗯，這麼和你說吧，你嫂子確實和山香草有些關係，不過，她絕對不是什麼山香草精靈。」

泰岳咕嘟嘟地喝了一大口酒，說道：

「你以前也說過，使用龍涎山髓的人只有兩種，一種是養屍，一種是御靈。御靈這種事情，基本上是很難在現實中見到的。所以說——」

泰岳說到這裏停了下來。

「你是說，嫂子是屬於前一種？」我不覺恍然大悟道，「可是，她為什麼還需要九陰九陽的血髓，又需要躲避雷劫呢？」

「血髓可以讓她的身體重新恢復生機，而雷劫嘛，這是逆天改命的劫難，你明白嗎？到時候，要躲避雷劫的人，其實不是她，而是你和我。」泰岳語氣凝重地說道。

「你的意思是說，已經死去的人，真的可以復活過來？」我真的有些震驚了。

泰岳沉默了一會兒，接著說道：「能不能復活，其實主要看是怎麼死的。」

「什麼意思？」我不解地問道。

「你有沒有聽說過，有人突然停止了心跳，都準備後事了，但是入棺的時候，又醒過來的？」泰岳問道。

「這樣的事情，我倒是聽說過，而且有很多類似的事情，但是，這又說明什麼呢？那些人應該只是間歇性的機能喪失，並不是真正死亡，所以，他們能夠再次活過來，其實是很正常的事情。」我說道。

泰岳冷冷一笑道：「那你有沒有聽說過，有的人在冰山裏冰凍了上千年，被救出來之後，又奇蹟般的復活了？」

「那也是例外，畢竟在冰山裏凍著，身體一直保持著新鮮狀態，功能都沒有喪失。這樣被救出來之後，得到一定程度的救護，自然就可以醒過來了。這就跟昏迷不醒差不多，根本就沒有死去。」我辯解道。

「那在你看來，什麼才叫真正的死亡？」泰岳有些無奈地問道。

我不覺隨口說道：「就是斷氣了，沒呼吸沒心跳了。」說完這句話，我立刻就愣了，因為，這個時候我才發現，泰岳前面所說的那些狀況，其實都符合我的死亡定義。

「不，不。」我連忙糾正道，「應該是，確定已經死亡了。」

「怎樣才能算是確定已經死亡了？」泰岳追問道。

我頭上開始流汗了，被他問得啞口無言。

「總之就是，反正就是死了，沒呼吸沒心跳，對，連體溫都沒有了，身體涼了，變僵硬了，再也不會醒過來了。」我有些急促地解釋道。

「那個冰凍在冰山裏的人，很符合你的條件，但他還是活過來了。」泰岳冷笑道。

「好吧，那就是沒呼吸沒心跳沒體溫，再也醒不過來，然後屍體都腐爛了，這個總歸是對的吧？」我冷聲道。

「你怎麼知道他們再也醒不過來了呢？」泰岳再次反駁。

我徹底無語了。是的，我怎麼知道他們再也醒不過來了？按照這樣推論，這世上根本就不存在真正的死亡！

「那你說，到底什麼才算是真正的死亡？」我只好反問。

「我實話告訴你吧，在這個世界上，根本就不存在真正的死亡。就算是已經化為泥土，只要天道機緣巧合，都是可以復活的。方曉，你都已經進過九陰鬼域，親眼見過靈魂和肉體一絲絲蒸發，然後重新整合成一個大活人，為什麼現在還那麼固執地相信死亡的存在呢？難道你就沒想過，九陰鬼域的那種力量，其實並非是單獨存在的嗎？在這個世界上，其實有很多類似的力量，可以將死去的人、甚至是將一堆腐朽的白骨，還原到活人的狀態。這個事情，你有沒有想過？」

泰岳似乎在提示我，又似乎在批評我。

我的心不禁一震，立刻聯想到盧朝天給我的資料上那部詭異的機器。是的，那部機器不是可以將烤熟的肉復原到鮮活的狀態嗎？

天吶，原來，根本不存在真正的死亡！

我徹底愣住了，一直相信的固執思想徹底動搖了。我再也不相信生與死。

「好了，我明白了。」我打斷了泰岳的話。

「你明白什麼了？」泰岳有些疑惑地問道。

「生與死本來只隔著一條線，這之間並沒有明確的間隔。」我皺眉感嘆道。

泰岳笑道：「想知道你嫂子叫什麼名字嗎？」

「這個我倒不是很好奇，我只是很想知道，你和她是怎麼認識的。」我笑道。

「唔，那是一個很長的故事，就不細說了。總之，那個時候我落難，無意中碰到了她。我們一起在山香草叢中躺了很久很久。那段時間裏，我們雖然都沒有說話，卻早已通過靈魂的交流，深深地瞭解了彼此的前世今生，結下了永世情緣。」

「哎喲，牙酸掉了——」

「哼，不信拉倒，反正，就是那麼浪漫。」泰岳又想到了什麼，「不過，你和那個藍頭髮的小丫頭也挺浪漫的，你倒是不用羨慕我。」

「你知道就好，行了，說說你的計畫吧，到底要怎麼做。」我懶洋洋地問道。

「具體的事情，等你來了再說。還要提醒你一個事情，就是那個九陰九陽血髓的事情。」泰岳頓了一下，「這次的事情，對血氣的要求並不是那麼苛刻，只要純陰純陽的童男童女精血就可以了。童男嘛，你就挺合適的。童女嘛，你隨便找一個還算過得去的就行了。」

我嬉笑道：「放心吧，這事包在我身上，保證讓你滿意。」我已經把冷曈內定為那個貢獻精血的童女了。

泰岳說了一聲多謝，就掛了電話。

# 第一〇二章

# 新的謎題

泰岳早就死了，現在支配他軀體的，是個非常厲害的陰魂。
這個陰魂不但佔據他的身體，而且繼承了他的記憶，
然後在機緣巧合下成了現在的泰岳。
迷霧重重，一個謎底尚未解開，新的謎題又出現了。

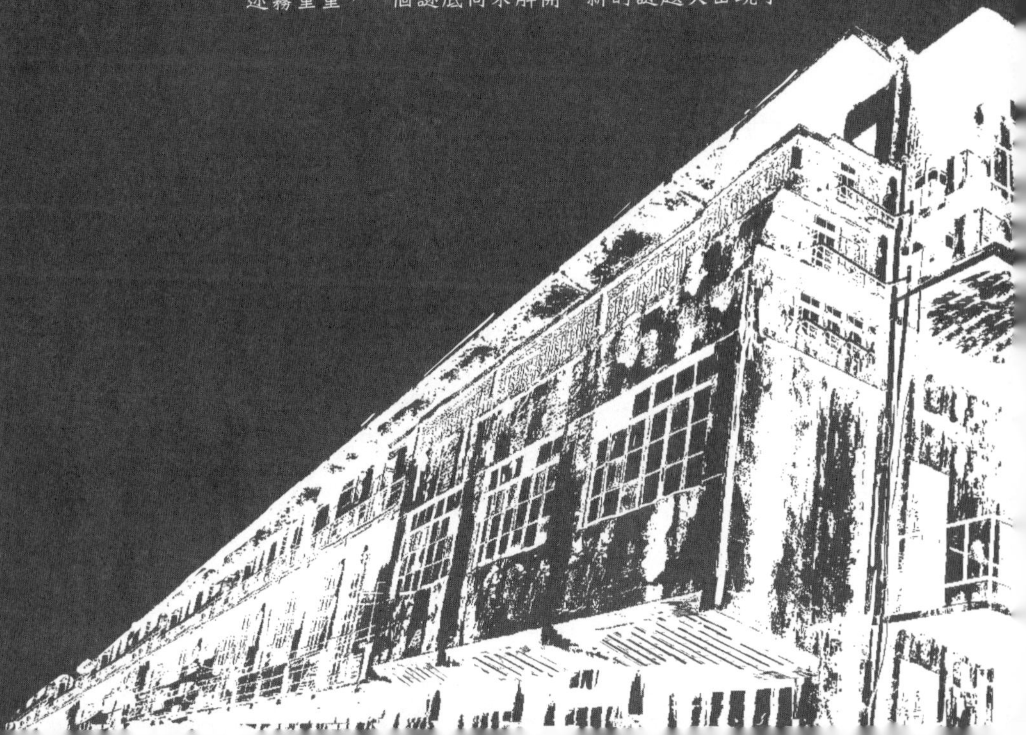

我走出房間，對坐在客廳裏看電視的冷瞳喊道：

「大後天週末，哥哥要帶你出去玩，到時候把要用的東西都收拾全了，咱們這次說不定要出去好幾天。」

「嗯，好的。」冷瞳點頭答道。

「喂，你們準備去哪兒？怎麼不算我一個？」玄陰子抬頭問道。

「喂，老人家，你覺得打擾我們的二人世界，合適嗎？」我笑道。

「你這小子。」玄陰子瞪了我一眼，「我的人參呢？我好歹把整個門派交給你了，你不會連這點小錢都捨不得花吧？」

「放心吧，我早就訂購了上等的長白山參了，足足一斤重呢，明天就送來，夠你喝的了，當飯吃都沒問題。」我笑道，轉身回了房間，拿起電話，開始籌畫調度起來。

雖然已經答應了泰岳，要去他那邊幫忙，但是，我自己的事情也不能耽擱。既然盧朝天已經給我指明了方向，我就要按照這個方向前進了，雖然我也不知道會不會成功，可是，我至少要努力一下。

第一個電話，是打給盧朝天的，告訴他，我要去西倫古海走一趟。他自然是非常贊同。這個時候，我真的有些懷疑他的目的了。但是，我並沒有問他，因為我知道，問了也沒用。他既然沒有主動告訴我，那就證明這個事情不能說。

我又問他，北城那邊準不準備去救九陰鬼域裏的人，他說，讓我不要去管這個事情，去做自己的事情就行了。

我無奈地嘆了一口氣，不過，我也並沒有過多悲傷。生與死既然沒有分野，九陰鬼域裏的那些人不管救不救，其實都沒有多大關係了。

第二個電話，是打給玉嬌蓮的。玉嬌蓮接到我的電話，明顯有些關切和激動。我吩咐她幫我準備一批科考裝備，車子、地圖、水和食物、帳篷、照明、電臺、發電機等等，總之能夠想到的都準備齊全。玉嬌蓮很爽快地答應了。

「準備好了就打電話給我，我帶人去北城接收，從那邊出發。」我說完就準備掛電話，又想到了什麼，不覺多問了一句：「你最近還好吧？」

玉嬌蓮有些始料未及，愣了一下才答道：「很好。」

「嗯，那個小傢伙呢？」我笑問道。

「也很好，長得虎頭虎腦的，我經常去抱他。」玉嬌蓮開心地說。

「嗯，那就好。你知道嗎？薛寶琴很快就要結婚了。」我說道。

「她要結婚了？和誰？不會是和你——」

「怎麼可能？」我打斷她的話道，「是和她的未婚夫。他們六月六日就舉行婚禮，到時候說不定還會找你當伴娘呢。」

我又撥通了薛寶琴的電話。

「美女，恭喜啊，聽說你要結婚啦。」我含笑問候道。

「是啊，我這個命啊，看來是注定了。」薛寶琴似乎並不是很惆悵。這個女人很想得開。

「祝你幸福美滿。」我心中感到釋然。

「借您吉言，說吧，找我有什麼事情？」薛寶琴果然精明。

「嗯，確實有件事情，這個事情本來是要麻煩林士學的，但是，他現在工作太忙，還要籌備和你結婚的事，我不想打擾他，所以，只好來找你了。」我含笑道。

「不用找藉口了，直接說吧，到底什麼事情，幫你最後一次。」薛寶琴很爽快地說道。

「為什麼是最後一次？我可是跟著林士學混的，以後少不了還要麻煩你的。」我有些疑惑地問道。

「很簡單，林士學要升官了，我的任務也快完成了，我準備退到他身後，畢竟我是女人。」薛寶琴說道，「所以，以後有事，你直接找他就行了。」

「既然這樣，那我就不客氣了。我要去西倫古海走一趟，需要一個官方的身分。所以，我想讓你幫我搞一個考古隊，這樣我行動起來方便一些。」我說道。

「幹什麼？你準備去那邊挖皇陵啊？」薛寶琴不覺好奇地問道。

我大概跟她解釋了一下九陰鬼域和西倫古海的事情。

薛寶琴有些遲疑地說道：「既然這個事情是高度機密，那你這次的行動，很有可能會受到一些勢力的阻撓。所以，你最好先計畫周詳。」

「你放心吧，我會小心的，你幫我把關節打通，應該就沒什麼問題了。」我說道。

「嗯，你放心，我會幫你安排妥當的。」薛寶琴沉默了一下，說道：「弟弟，以後記得常到家裏來玩，我給你做好吃的。」

「嗯，一定，我最貪嘴了。」我笑道。

「你自己一個人在外要多加小心，有事情給姐姐打電話。」薛寶琴有些擔憂地說。

「嗯，你也多保重，以後如果有需要的話，也可以和我說。別的事情我可能幫不上你，聽你說說話，還是可以的。」我不覺嘆了一口氣。

「哦，我知道了，你等我消息吧。」

掛了薛寶琴的電話之後，我怔怔地望著窗外，思緒飄得有點遠，不知不覺點了一根菸，悠悠地抽著。

我不經意間一抬頭，赫然看到在繚繞的煙氣之中，居然有一雙眼睛正在靜靜地看著我。

大白天鬧鬼了！

我驚得一下子跳了起來，感覺頭髮都豎了起來。

但是，待我站起身再仔細去看時，煙氣之中卻什麼都沒有了，就好像是我出現了幻覺一般。

但是，我剛才明明看到了一雙眼睛，千真萬確，絕對不會錯的。

我想不明白究竟，暗暗地瞇眼四下掃視著自己的房間，悄悄地把腰裏的打鬼棒抽了出來。可是，我一看之下，整個房間一片平靜，沒有任何異樣。這還真是見鬼了！

我皺著眉頭走出房間，來到二樓樓梯邊，向客廳裏看了一眼，這才發現，玄陰子已經回去睡覺了，客廳的沙發上只剩下冷瞳一個人。而小丫頭這個時候低垂著腦袋，正在打瞌睡呢。

我輕輕下樓，小心地將她抱起來，想將她送回房間裏去。

「哥哥，是我。」冷瞳卻忽然如嬰兒囈語一般，說了一句夢話。

「怎麼了?冷瞳?」我看著懷裏依舊閉著眼睛，睡得迷迷糊糊的冷瞳問道。

「唔。」聽到我的聲音，冷瞳這才悠悠地睜開眼睛，揉了揉小臉，有些疑惑地皺眉道：「咦，哥哥，你怎麼在這裏?我剛才還看到你坐在房間裏抽菸啊。」

「嗯?」我有些奇怪地看著她道：「你不是打瞌睡了嗎?怎麼能看到我坐在房間裏抽菸的啊?」

「我打瞌睡了嗎?我記得我是走上了樓梯，進了你的房間，看著你的啊?當時我和你說話，你都沒理我。」冷瞳也有些疑惑地看著我。

我已經明白了剛才是什麼狀況。看來，冷瞳具有非常強大的靈力，使得她睡著之後，靈魂可以離開身體，進行活動。我猜，她之所以能夠驅使那些腐屍，可能也是因為有這種強大的靈力。

而我也回想起來，在見到冷瞳之前，我就經常在夢中見到她的眼睛。難道說，冷瞳除了靈力強大之外，還有穿越時空、出現在別人夢中的能力嗎?可是，她為什麼偏偏挑上我了呢?

想到這裏，我不覺很疑惑，將冷瞳放了下來，拉著她重新坐下，仔細地問她，在和我相遇之前，有沒有在夢中見到過我。

冷瞳側頭想了一下，說道：「你的眼睛，我見過很多次，但是我一直看不清楚，所以後來每次睡著了，我總是會去看看那雙眼睛，想要看看他到底是誰。我和你見面之後，第一次看到你的眼睛，就覺得很熟悉，覺得你就是我一直在找的人。」

「如此看來，真的是冥冥之中都有注定了。」我不覺輕輕拉起冷瞳的小手，「冷瞳，你知道嗎？你有很強的靈力，你睡著之後，靈魂可以離開身體進行活動的。」

「啊？有這種事嗎？我怎麼不知道？」冷瞳不覺滿心驚訝。

「有的，就像剛才你說你進入了我的房間，但是實際上，你並沒有進去，你一直在沙發上打瞌睡。這件事，我也是剛剛才發現的。所以，我想和你說的是，你的這種力量很厲害，但是也有危險，比如，遇到不熟悉情況的人，很有可能會對你的靈魂造成傷害，所以，以後你要多加練習，不到萬不得已的情況，千萬不要動用這種能力，知道嗎？」我很耐心地解釋道。

冷瞳乖巧地點了點頭，然後撒嬌讓我抱她回去睡覺了。

第二天，我帶著冷瞳又到處逛了一天，直到晚飯之後，我才帶著她坐上車子，帶齊裝備，驅車趕往馬凌山。

泰岳很會選時間，現在正好是陰曆月底，入夜之後，天上有星無月，四野一片漆黑。

我開著車子先是走高速，然後拐下高速公路，沿著一條公路進入了燈火繁華的沭河市。在沭河市，我們沒有停留，一路向南駛上了一條沒有路燈的土路。

車燈光照亮前方的路面，留下兩道白渣渣的光影。冷瞳透過車窗四下望去，只看到遠處有點點星火，不覺有些心虛膽怯。

她雖然是從九陰鬼域出來的，但是，還真沒見過這種如同黑墨一般的黑暗。小丫頭解開了安全帶，向我身邊挨了過來，一言不發地用小手抓住了我的胳膊，緊緊地靠著我，好像怕我會突然消失了一般。

我微微一笑，單手開車，另一隻手將她攬到臂彎，把她保護了起來。

「哥哥，這裏是哪兒？你要帶我去哪裡？」冷瞳抬起眼眸，有些擔憂地問我。

「帶你去山裏做點事情。放心吧，有我在，一切都沒事的。今夜你還要幫我點忙。」我輕輕撫摸小丫頭的肩頭，柔聲說道。

「嗯，要我幫什麼忙？」

「到時候，我要從你身上取一點血。不過你放心，不會把你弄疼的。」

「哦，那我們什麼時候回去？」冷瞳擔心地問道。

「如果事情順利的話，大概天亮就可以回去了。」我深吸了一口氣，「天黑了，路還長，要不你先睡一會兒吧。等到了地方，我再叫你。」

「嗯，好。」小丫頭順從地輕輕向我懷裏靠了靠，舒展著柔軟纖腰，趴在我的大腿上睡著了。

車子晃晃蕩蕩，過了一個小時，來到了馬凌山療養院門前。

我輕輕關掉引擎，拔了鑰匙，抄手攬著小丫頭的纖腰，另外一手抓著她的手腕，將她扶坐起來，讓她靠在椅背上。

我挪到了後排座位上，開始收拾我的裝備。我儘量動作放輕，就是想讓小丫頭多睡一會兒，不想太早吵醒她。

可就在這時，小丫頭醒了過來，她猛地揉了揉眼睛，左右一看，發現我不在，驚得一下子跳了起來，腦袋「咕咚」一聲撞在了車頂蓋上。

「呀——」一聲尖叫，冷瞳捂著腦袋，縮身坐到了座位裏，哭喊了起來：「哥哥——」

「我在這裏！」我連忙應了一聲，伸手抓住冷瞳的手臂，沉聲道：「別怕，我在這裏，沒事的。這裏是馬凌山，我們要去找泰岳。你知道他吧？」

「嗯。」冷瞳低頭想了一下，從記憶中找到了關於泰岳的資料，這才舒了一口氣道：「我想起來了。」

「嗯，那就好。」我將背包背好，打開車門下車，又拉開了冷瞳的車門，將她從座位上抱了出來。

「哥哥，你知道嗎？」冷瞳緊緊拉著我的手，跟著我沿著山路往上走，說道：「我從你那裏複製過來的記憶，好像正在慢慢消失，我現在越來越記不清你曾經遇到過的事情了。我能夠記得的，就是一些現實世界的概念。所以，剛才你問我泰岳的事情，我記得不是很清晰了，只能想起一張模糊的面孔。」

「沒關係，這可能就像錄音帶一樣，雖然陰陽法陣強行將我的記憶複製到了你的腦子裏，但是畢竟人腦細胞是不斷死亡的，所以，這種記憶複製會慢慢消失。這也沒有什麼不好的，這些畢竟是我的記憶，你就算記著也沒有什麼太大幫助。」

我領著冷瞳走上一條僻靜幽深的小路。

四野蟲鳴不斷，山風習習，樹葉沙沙晃動，天氣很是涼爽。

我拿著手電筒照路，一邊走一邊查看方位和路徑。冷瞳還以為我迷路了，不覺有些擔憂地攥著我的手，小臉上滿是緊張的神情。

「放心吧，很快就到了。」我撥通了泰岳的號碼。

「在哪兒了？」電話裏傳來泰岳那中氣十足的聲音。

「你在哪兒？」我反問道。

「老地方。」泰岳說道。

「嗯，好，那先掛了，不過，你不準備下來迎接我一下？我可是帶著一個美女的，深更半夜，萬一我走錯路了，把她嚇著可不好。」我笑道。

「那你等著，我馬上就來接你們，本來我還想宰隻雞的，剛想生火，那等會兒下酒菜可就簡便一些了，你可不要覺得委屈。」泰岳笑道。

「沒關係，難不成我來你這裏，是為了蹭吃喝的？」我掛了電話，領著冷瞳又向上攀登了一段距離。

沒多久，一陣冷風撲面吹來，我們爬上了一個山頭，就見到前面的樹林裏一道燈光閃動，泰岳的聲音傳來了：

「這邊——」

我答應著走過去，泰岳也迎了上來。

「喲呵，冷妹妹，這身打扮很時髦啊。」泰岳拿手電筒上下照了一下，不禁誇道。

「好啦，跟我來吧，馬上就到了。」泰岳轉身向前走去。

我們沿著一條崎嶇隱蔽的山路，來到了一處林中空地。這裏有一座黑色木屋，木屋前面有一小圈柵欄，柵欄圍成的小院子裏有圓形石桌和石凳，院子裏長滿了草，柵欄上爬滿了牽牛花。山裏露水很重，到處都是濕漉漉的。

「進來坐吧。」泰岳推開藤條小門，領著我們走進院子。

我發現石桌上已經擺好了酒壺和酒盅，還有幾碟小菜，微微一笑，看了看冷瞳問道：「怎麼樣？餓了沒有？咱們先吃夜宵吧。」

雖然是春夜，卻如秋夜一般冷寂。天上的星被雲層遮擋，世界徹底陷入了黑暗。牽牛花圍繞成的荒草小院之中，一根蠟燭閃動著淡淡的光芒，在石桌上跳躍著。

我和泰岳對立而坐，抬眼看著這個眼神深邃、面容剛毅的男人，總覺得他並不屬於這個世界。彷彿是從另外一個時空穿越到這裏來，他的一切都那麼神秘，捉摸不透，也無從揣測。

我曾經覺得他可能是山神，可是又推翻了這個想法。因為，山神肯定和河神一樣，都只是死鬼而已，不可能是有血有肉的。

泰岳是有血有肉的漢子，他活得灑脫，他性格剛烈，他受傷的時候也會疼痛，也會流血，他的身體是真實的。

「乾！」泰岳端起酒杯，堅定地看著我。

「乾！」我抬手和他一碰，仰頭一飲而盡。

「吃菜。」泰岳拿起筷子，簡單招呼一聲，自顧自地悶頭吃菜。

「泰岳大哥。」冷曈坐在我旁邊，怯生生地看著泰岳，關心地問道：「你怎麼好像不開心？」

「不是好像，他就是不開心。」我微笑一下，輕輕捏了捏冷曈的小手，抬眼看著泰岳，含笑道：「確切地說，他這是緊張。」

「緊張什麼？」冷曈不解地問道。

「冷曈妹子。」泰岳醉眼矇矓，微微皺眉，問道：「你知道什麼叫愛情嗎？」

冷曈有些無措地皺了皺眉頭，不覺抬眼向我看過來。

「你這個問題，有些突兀了。」我訕笑道，「每個人對於愛情的理解都是不一樣的。」

泰岳自顧自地端著酒杯痛飲，斜眼看了看我和冷曈，忽然陰仄仄地笑道：「我就挺羨慕你們兩個的。」

「我也挺羨慕你們的。」我緊跟一句道，又緩聲道：「至少你們很早就知道彼此的存在，而我和冷曈，才剛剛認識不到兩個月。」

泰岳笑著點了點頭，說道：「冷曈妹子，大哥求你一個事情，不知道你能不能答應。」

「什麼事情？」冷瞳好奇地問道。

「我要借你的鮮血一用。」泰岳滿眼期待地說。

「要多少？」冷瞳歪頭問道。

「九九八十一滴。」泰岳說道，「可能會有點疼，而且還是要新鮮的血液，不能事先抽出來，要一滴一滴地往下滴才行，隨取隨用。怎麼樣，你願意嗎？」

「小事。」冷瞳點頭道。

「好，多謝了。」泰岳又看著我說道：「接下來的事情，就交給你了。我們先吃飽喝足，還有一點時間。」

「嗯，好。」我繼續舉杯與泰岳喝了起來。

杯盤淩亂，不知不覺一桌酒菜吃光，我感覺腦子有點暈乎乎的，抬腕看了看時間，發現馬上就要到陰時了，不覺說道：「可以開始了，在哪邊？」

「在房間裏，你自己帶著冷瞳妹子去吧，我就不進去了。」泰岳大著舌頭，趴在桌子上說道。

「好，那你先歇著吧。」我拉起冷瞳，拿起手電筒，和她一起向小木屋走去。

「哥哥，我們到底要做什麼去？」冷瞳有些疑惑地問我。

「算是救人吧，到時候，你只要按照我說的去做就行了，其他的事情，你不用擔心。」我輕輕捏了捏冷瞳的手。

進了木屋之後，我首先嗅到一股非常奇特的馨香氣息。熟悉的香氣，只是這一次是那麼清晰，近在咫尺。

我抬起手電筒查看房間，發現木屋分成兩間，我們現在所在的是外間。外面這一間看起來像是一間起居室，又像是堆放雜物的倉庫。

靠著後牆的地方，擺放著一張單薄矮腿木床，上面鋪著涼席和被褥，枕頭上積了一層黑亮的油垢，顯然是許久都沒有洗過了。

除了床鋪之外，屋子裏其他地方雜亂地放著一些亂七八糟的東西。紙箱、塑膠袋、木工工具、酒瓶、鞋子、衣服、桌椅板凳，很是混亂。梁上遍佈蜘蛛網，有些蜘蛛網線從半空兜下來，被風一吹，還在不停地晃蕩。

因為這些雜亂不堪的東西，所以，在嗅到馨香的氣息之後，隨之而來的是一陣霉爛氣味。

「這裏應該是泰岳大哥住的地方。」冷瞳咬咬嘴唇，皺了皺眉頭。

「不管他，我們進去。」我拉著冷瞳來到房間側壁的一扇只有不到一米寬的小門前。小門通往內室，那裏應該就是我今晚要去的地方。

站在這扇小門前，我的思潮有些澎湃。這扇小門後面，隱藏著我期待已久的真相。這個真相，曾經讓我徹夜難眠，讓我疑惑萬分，我對它的期待，就像是對於宇宙空間的探索一般，充滿了渴求的欲望。

曾經讓我非常神往的真相即將揭開，我感到一陣緊張。在我心目中，一度如神女一般荷風輕擺的形象，不知道還會不會再次出現。

「吱呀——」一聲輕響，窄小單薄的木門在我的推動下輕輕打開。

我站在門口，並沒有走進去，而是抬起手電筒，隔著門框照了過去，想看看屋子裏的狀況。

我意外地發現，屋子裏的狀況與我的想像，竟然完全不一樣。泰岳說他在養屍，所以我一直以為，可能像當初我遇到玉嬌蓮的妹妹那樣，會看到一個青臉獠牙、長髮披散、指爪捲曲、齜牙咧嘴的女屍，大睜著眼睛死死地盯著我。

可是，我只看到了一株綠瑩瑩的草葉。草葉從地上長起，細長柔軟，晶瑩如玉，如同一道道玉絲，一直延伸到門框上方，形成了一道綠色的牆壁，擋住了我的視線。

我一時間有些疑惑，下意識地伸手想去撥開那道綠草牆壁，卻不想，一直安靜地站在我身邊的冷瞳搶先一步，上前一伸手抓住了幾根草葉，扯到手中。

冷瞳仔細看了看手中的草葉，皺皺眉頭，若有所思地說：「真的是草。」

「你以為它們是什麼？」我問道。

冷瞳眨眼看了看我，說道：「剛才我感覺到一股很奇怪的氣息，讓我覺得這些草葉似乎在和我說話，但是，現在卻發現這只是普通草葉，不知道是怎麼回事。」

「等下你就知道了，不過，這些草葉不是普通草葉。在山林深處，有一種陰氣滋根、精氣發葉的植物，可以散發出清新的香氣，而且可以驅邪避凶，是一種極為難得的寶貝。這些草葉就屬於這一類，我給它取了個名字，叫玉絲千條。」我笑道。

「什麼玉絲千條啊，我看就叫山香草好了。」冷瞳說道。

我有些好奇地問道：「你說你剛才感覺到這些草葉在和你說話，你能告訴我那是怎樣的感覺嗎？你為什麼會有這種感覺？」

「在木門還沒打開的時候，我似乎就看到了這些草葉，那時候，我看到它們在不停扭動著，就像是在對我們招手一樣，好像還發出了沙沙的輕響。但是，門打開之後，它們卻不動了，真是奇怪。」冷瞳看著那些草葉，很疑惑地說。

「你還感覺到了什麼？你知不知道這草葉後面有些什麼？」我有些期待地問道。

我。

「沒有了，暫時看不到，也感覺不到。好奇怪的感覺。」冷曈說道。

「你先在這裏等我一下，我先進去看看。」

冷曈乖巧地點頭，讓我小心一點，自己坐在後面的一張椅子上，安靜地看著我。

我下意識地覺得氣氛有些詭異，感覺她的舉動有些反常，不覺皺了皺眉頭，然後才打著手電筒，輕輕地伸手撥開門後的草葉，側身向裏面擠過去。

這些草葉居然並不是只有單薄的一層，而是長滿了整個房間！

其實這間小屋子裏，滿滿的都是這些草葉。我只好小心翼翼地扒動草葉，在裏面尋找，想找到我要找的東西。

沒多久，我的手指突然感覺到一點硬梆梆的觸覺，連忙停下動作，抬起手電筒，隔著散亂的草葉向前照去。

一看之下，我不禁心裏一緊。一束黑色的頭髮從草葉的縫隙裏伸了出來，就掛在我的面前。

我伸手輕輕捏了捏那縷頭髮，然後順著頭髮，輕輕將面前的草葉向兩邊撥開，很快就看到了一個黑髮披散的人頭，再往下看，是一具穿著一身白色衣裙的女屍。

女屍包裹在一層綠色草葉之中，雙腳凌空，離地足足有一尺高，完全是靠那些草葉支撐起來的。女屍背對著我站著，兩隻手臂微微張開，手臂上的草葉道道纏縛，如同萬千小蛇一般，將她向上拉去。

由於草葉的支撐力有限，我這麼一撥動，女屍的頭部就向我這邊倒了過來。

「呼——沙——」一聲輕響，女屍背對著我，一下子倒進了我的懷裏。

我本能地伸手到她的肋下，一把將她護住。一片柔軟的觸覺傳來，立刻驚得我全身一顫，差點跳了起來。我摸到的身體似乎是活人的。

我有些疑惑和驚愕了。就算再高明的養屍，養出來的肯定是殭屍，而不可能是這種像活人一樣的肉屍。肉屍是一種極為詭異的屍變狀態，它其實並不是真正的屍體，而是和植物人差不多。

在古代，醫療水準落後，人們對植物人的狀態不理解，所以就把這種狀態說成肉屍。所謂肉屍，就是能吃能喝，只是不能行動，不能說話，和死人一樣。

想到這裏，我又開始糾結生與死的界限。不過，現在已經沒有時間去考慮了，我急於看清楚懷裏那個女屍的狀況。

我一撤身，用拿著手電筒的手臂托住女屍的後腦，輕輕地將她平放到地上，接著用手電筒對著屍體的面部照過去，又吃了一驚。

女屍的面孔我看不清楚，只看到一層綠色草葉交錯編織而成的綠色紗幔。我輕輕拉開女屍的領口，這才發現，女屍的整個身體都是被草葉層層纏裹起來的。這種感覺，就好像這只是一個草人。

聯想到泰岳的說法，我猜測，可能是因為這些有「陰氣滋根，精氣發葉」效果的山香草葉能護佑屍體長鮮不腐，這個女人死了之後，正好倒在這片山香草葉之中，就一直被那些山香草保護了下來，不但保護女人新鮮如初，還讓她免受傷害。

還有一種可能，那就是，這些山香草葉和這個女屍互相依存，互相保護，這具女屍就是山香草的根。是女屍滋養了那株山香草，而山香草也讓女屍的長鮮不腐。

我現在唯一感到奇怪的是，既然這個女屍一直被這些山香草牢牢地纏縛著，凌空懸掛在這間狹小的木屋子裏，那麼，我之前見到的那個荷風輕擺的身影又是誰呢？曾經被三眼蛇紋狸貓抓傷的女人又是誰呢？

泰岳不可能還有別的女人，這一點是肯定的。當初他把這個女屍帶去青絲仙，而這個女屍又好幾次給予我幫助，總是躲在大樹後露出一角裙擺，想必是因為，那些山香草的生長是隨著季節變動的。

冬天的時候，草葉枯萎，只剩下草根，所以女屍的軀體就輕鬆了，不再被那些草葉包裹，可以到處移動。想必她已經成為陰屍，可以在一些特殊的情況下，跟隨養屍人走動。

泰岳和別的養屍人不同，他愛上了自己所養的屍體，又或者，他正是因為愛上了她，才開始養屍？

泰岳說過，他說他和這個女屍很早以前就認識了，在同一個地方躺了很久。泰岳的話很玄，我不得不懷疑，如果泰岳真的和這個女屍在一起躺過很久，那麼，泰岳會不會也是一具屍體？

如果泰岳也是一具屍體，那他又是怎麼活過來的呢？

這個事情，實在是太過詭異了。

而且，泰岳的體內隱藏著一個黑色魔神，那個東西，會不會才是真正的泰岳？

也就是說，其實真正的泰岳早就死了，現在支配他軀體的，其實是一個非常霸道又厲害的陰魂。這個陰魂不但佔據了他的身體，而且繼承了他的記憶，然後在機緣巧合下，使得他的軀體完全復活過來，成了現在的泰岳。

迷霧重重，一個謎底尚未解開，新的謎題又出現了。

# 第一〇三章

# 窺探天機

所有熟悉五行八卦運理的人，大抵都能算到這一步，
但是，卻很少有人有勇氣去算。
因為，天機不可洩露，凡人窺探天機，必遭天譴。
我現在是窺探天機，天譴已經悄然逼近，而且在劫難逃。

其實，對於新的謎題，我大可以直接去問泰岳，可是，我也知道，即便我問了，他也不會說。他似乎不願意提及以前的事情，那段回憶看來並不開心。

我蹲在草叢之中，低頭看著面前這個似乎是草人又似乎是屍體的詭異人形物體，輕輕閉眼，只依靠觸覺，輕輕地從上到下將她捏摸了一遍，確定她全身都像活人一樣柔軟，而且帶著肉質的彈性，這才放下心來，鬆了口氣。

我猜想，這具女屍在此前可能也一直是殭屍狀態的，現在之所以會變成這個樣子，應該是泰岳帶回來的龍涎山髓起了作用。

龍涎山髓能柔骨化體，居然可以把殭屍變得如同活人一般，這也難怪泰岳如此迫切地想要得到它了，現在，我有些理解泰岳當初的做法了。如果我是他，可能會做得比他更過分吧。

我緩緩站起身，從背包裏拿出了屍衣，蓋到了女屍的身上。將女屍從頭到腳妥善蓋好之後，我這才思索著下一步的行動。畢竟我是第一次處理這樣的事情，我其實也不確定到底能不能成功地將這個女屍救活。

人活在世間，軀體只是靈魂的容器，人死了，容器就壞了，靈魂隨風而逝，使得軀體變成了一個沒有用處的空容器。

我現在要做的事情，就是把一個已經倒空了的、廢棄了很久的容器，再次充滿靈魂，而且要妥善封口。還有一個更大的難點是，怎樣讓這個容器再次啟動起來。

上一次機緣巧合之下，我和冷瞳借助雷電之力開啟過陰陽法陣，也讓我對陰陽法陣的施展條件有了新的認識。

現在我再照樣複製一遍，應該沒有什麼問題。陰陽法陣需要陰陽之力，現在沒有陰陽珠，替代品就是我和冷瞳的精血。我是陽，冷瞳是陰，我們以鮮血化眼，再結合陰陽尺的力量，將陰陽法陣開啟，利用陰陽法陣的輪迴之力，將這具女屍復活。

而今天，我們要開啟陰陽法陣還缺少一個非常必要的外部條件，那就是巨大的能量！要到哪裡去找雷電呢？

幸好，我是一個陰陽師，更是一個風水師。我從來不給人算命，但是並不是我不會算命。只要是這個世界裏的東西，在五行之內、八卦之中，真沒有算不準的。

今晚來馬凌山之前，我早就通過星象推算出來，午夜過後，四更半刻的時候，馬凌山將會有天雷降臨。而且我還算出了天雷具體的降落地點，甚至連降落幾道天雷都已經了然於胸。

聽起來神乎其神，實際上，所有熟悉五行八卦運理的人，大抵都能算到這一步，但是，卻很少有人有勇氣去算。因為，天機不可洩露，天機不可窺探，凡人窺探天機，必遭天譴。

我現在已經是窺探天機，所以，天譴已經悄然逼近，而且在劫難逃。

今晚我帶了一件屍衣，一方面，它可以保護女屍還陽時，在天雷的劈擊之下存活下來，另外一方面，則可以在我遭遇天譴的時候，幫我躲過一劫。

大體上在心裏計畫詳細之後，我輕輕站起身，準備呼喚冷瞳進來和我一起忙活。

這時，我赫然覺察到，在我面前的草葉之中，似乎有一雙眼睛正在靜靜地看著我。我先是一愣，隨即釋然了，知道那應該是冷瞳的靈魂出竅了。

我正要和那雙眼睛說點什麼，突然，一陣陰冷的寒氣從腳下瞬間升起，猛然瀰漫開來，將我包裹起來。

在那股寒氣的瀰漫之下，草葉中的那雙眼眸也猛然一陣顫動，一閃而逝。

當那雙眼眸消失之後，我聽到隔壁房間傳來一聲尖叫，接著是一陣桌椅倒塌的聲響。很顯然，冷瞳受到了不小的驚嚇。

我不覺心中一陣焦急，連忙大喊道：「冷瞳，別怕，我馬上來了。」

我站起身，拿著手電筒就想離開房間，可是，一陣密集的「沙沙沙」聲響傳來。我定睛一看，這才發現，那些裹纏在我周圍的草葉居然如同觸手一般顫抖起來。

「咕咕——」我低頭向地上看去，發現地上躺著的那具女屍居然也顫抖了起來。

「簌簌簌，沙沙沙——」無數草葉如同受到驚嚇一般，莫名地顫抖著，向我的腿上纏爬過來，更多的則慢慢地擠到了我的周圍，將我完全包裹起來。

我不明白這是怎麼回事，但是由於擔心冷瞳的狀況，我不得不粗魯地一把將面前的草葉扒開，然後側身衝了出去。

那些草葉被我激怒了，一下如同水蛇一般撲了上來，瞬間將我全身裹得密不透風。

我滿頭滿臉都是草葉，脖子被勒得有點窒息，不禁悶哼一聲，全身發力，奮力抗爭著，同時有些疑惑地琢磨道：我可是來幫忙讓她復活的，她怎麼會對我這樣呢？難不成泰岳沒有和她說好，她對我心存敵意？

這時，有一隻手臂輕輕地按到我的肩上，一聲低沉的笑聲在我的背後響起來，一縷女人的黑色長髮緩緩地在我的臉旁邊蔓延開來，又將我包裹起來。

她來找我了，似乎有話要和我說。她的全身都貼在了我的背後。草葉擋住了手電筒，使得原本就不強的光線更暗了。

我驚疑地蹲在地上，心裏有些緊張。我沒有輕舉妄動，要和陰魂對話，最不能做的事情就是大驚小怪。

對於活人來說，陰魂是很恐怖、很陰暗的東西。可是，對於陰魂來說，活人也是很恐怖的。陰魂有陰力，活人有陽氣，陰力一旦遇到陽氣，雙方無法和平相處，一般來說，都要鬧到一方被中和湮滅才會停止。

也就是說，只要一個人的陽氣足夠強大，那麼，一般的陰魂想要對他產生什麼危害還是很難的。因為，陰魂還沒能傷害到他，就已經被他的陽氣殺死了。所以，活人想要與陰魂對話，最需要做的就是小心謹慎，冷靜沉穩。

陰魂也怕活人來害自己。一些陰魂其實是為了自保，才會做出對活人不利的舉動。而且陰魂這樣做，其實冒著很大的風險，畢竟陰魂的陰力有限，想要傷害活人就得耗損自己的陰力。

外面冷曈的情況如何，我已經無法顧及。不過我知道，雖然冷曈剛才的叫聲很驚慌，但是應該不會出現什麼大問題。現在泰岳還在外面，如果真有什麼意外，他也會及時支援的。這個時候，我不能心急，要先把面前的事情擺平。

我感覺到後腦勺上傳來了一片冰涼的觸感。我並沒有回頭，並不是因為我害怕，而是擔心我轉頭之後，呼出的純陽之氣會傷到她的元氣。

我靜靜地縮身坐在地上，任由草葉在我身上攀爬。我微微屏息，全身上下釋放出淡淡的熱力，將那些草葉一點點地驅逐開，然後低沉著嗓子，不緊不慢地念道：

「太古之初，天生元極，
元極生陰陽，陰陽生三界，
三界生四象，四象生五行，
五行生六合，六合生七星，
七星生八卦，八卦生九宮，
九九歸一，一切歸於元極。
生從元極來，還歸元極去，
一切凡塵過往，皆為虛妄，
大夢一場，轉生倫常——」

在我的熱力和咒語的雙重催動之下，那些緊緊裹纏在我身體周圍的香草葉終於緩緩退散，而那隻搭在我肩頭的手也緩緩縮了回去。

我聽到一陣陣窸窸窣窣的聲響，抬頭四下看去，發現四周的草葉向中心收縮過去，都捲曲了起來，一起凝聚在我的身後。

我按捺不住心中的好奇，輕輕喘了一口氣，一邊念著安魂咒，一邊緩緩站直了身體，向前走了幾步，來到小屋子門口，這才輕輕轉身，抬起手電筒向屋子中央照過去。

我這才發現，填充在小屋子裏的綠色草葉，這個時候竟然悉數蜷縮到了屋子中央，形成了一個直徑足有兩米的綠色圓球。圓球完全由綠色草葉組成，裏面的草葉窸窸窣窣地抽動著，似乎還在繼續捲縮和聚集。

我疑惑地看著它們一點點縮小，最後，那些草葉居然變薄變細，都變成了只有毛髮一般粗細。再接著，毛髮粗細的綠色草葉繼續收縮和坍塌下去，竟然回縮到了那個女屍的身體之中。

這時，屋子中央的地面上，已經不再是一個被草葉包裹著的草人，而是一具穿著一身白色連衣裙的新鮮女屍。

一陣輕輕的腳步聲響起，一隻小手從我身後伸過來，一把抓住了我的手臂。

我被嚇得全身一震，回頭一看，冷瞳正抱著我的手臂，站在我的身側，有些異樣地看著地上那具女屍，喃喃低聲道：「她，剛才看到我了。」

「噓——」我連忙輕輕打斷了她的話，輕輕抽出手臂，靠近她的耳邊，低聲道：「我的陽氣可能會衝到她，你的九陰之體對她正好有裨益。你過去，把那件屍衣給她蓋好。」

「嗯。」冷瞳點頭應了一聲，輕輕走到女屍旁邊，蹲下身來，輕輕地幫女屍拉下了裙擺，撫平了衣衫，然後拿過掉落在地上的屍衣，非常細心地把那個女屍遮蓋了起來。

冷瞳做這些事情的過程中非常平靜，似乎並不害怕。而那個女屍也相當配合，一直靜靜地躺著，沒有再發生什麼異常狀況。

我拿著手電筒，一邊幫冷瞳照亮，一邊細細地觀察著女屍，這才看清楚她的面容。

我不得不承認泰岳的好福氣，這確實是一個非常美麗的女人。她並不妖嬈，卻端莊典雅。她睫毛很長，皮膚雖然青白，卻很細膩。

「呼——」小丫頭將屍衣蓋好之後，這才輕喘一口氣，起身低聲問道：「哥哥，現在好了嗎？」

「可以了，再幫我把這塊黑布也給她蓋上。」我將丟在旁邊的背包撿起來，拿出一塊事先準備好的黑布，遞到冷瞳手裏。

冷瞳接過黑布，將女屍從頭到腳蓋好，問道：「那接下來我們怎麼辦？」

我微微一笑，說道：「別急，還有一些時間。我們先做一些準備。」

我對她招招手，讓她站到我身邊，然後從背包裏取出一根蠟燭，點了起來。

「哥哥，你這是做什麼？」冷瞳好奇地問道。

「這個叫做鬼吹燈，是一種活人與亡靈交流的儀式。我點亮蠟燭，將它立在亡靈身邊，然後和亡靈商量一些事情，詢問它的心意，如果它同意的話，蠟燭就會正常燃燒，如果它不同意的話，蠟燭就會被陰風吹滅。」我小心翼翼地將蠟燭立到了地上。

冷瞳跟我一起看著那搖曳的燭火，問道：「你直接問不就行了嗎？」

「我直接問也是可以的，不過，沒有個信號，我怎麼知道她到底同不同意我的話呢？」我說道。

「這個我知道啊，哥哥，你告訴我，你要和姐姐說什麼，我幫你問她。她現在不就躺在我們的面前嗎？」冷瞳眨著眼睛說道。

「你沒聽明白我的意思，我要通過燭火的亮滅，來判斷亡靈的意見。」我強調說。

「哎呀，哪有那麼麻煩啊，算了，既然你不說，那我幫姐姐問你好了，姐姐讓我問你，你到底有什麼辦法讓她活過來。」

見我絮絮叨叨的，冷瞳索性小手托腮，越俎代庖地對我問道。

「好啦，我正忙著呢，你就別搗亂了，你先到一邊去安靜待一會兒好嗎？」我說道。

「呼——」我這句話剛說完，突然一陣陰風猛然吹了過來，吹得蠟燭火光連續晃了三晃，差點就滅掉了。

我不覺心裏一驚，有些生氣地一邊伸手去遮擋燭火，一邊對冷瞳說道：「你看看，燭火都要被你弄滅了？」

「你說什麼？是我把你的燭火弄滅了嗎？」我的耳邊突然傳來一陣低沉又淒冷的聲音。

我不覺一怔，連忙抬眼向冷瞳看去，一看之下，驚得渾身都出了一層冷汗。

我赫然發現，蹲在我身邊的冷瞳已經不知所蹤，換成了一個長髮披肩、一身白色連衣裙，媚眼如絲，嘴角帶著詭異笑容的女人。

女人含笑看著我，兩隻眼眸定定地盯著我，良久燦然一笑道：「小兄弟，我們又見面了。」

我怔怔地點點頭，應了一聲：「是啊，姐姐，你好，前幾次多謝你幫我，那些草葉我一直帶在身邊，非常感謝你的饋贈。」

「沒什麼，舉手之勞罷了，何況，我當初之所以這麼做，也是有目的的。我早就知道你不是普通人，我知道你能幫到我。」女人微微一笑，問我道：「剛才沒把你嚇到吧？」

「沒有，我膽子很大，從來都不害怕。」我有些裝模作樣地說，接著皺著眉頭，四下看著，故意裝出疑惑的樣子，低聲自語道：「咦，奇怪了，這小丫頭怎麼一下子就不見了？跑哪兒去了呢？」

「不用找了，她馬上就回來。」女人有些落寞地說，「今晚的事情就拜託你了，我相信你肯定可以做到的。方曉，姐姐先對你說一聲謝謝。」

「不用謝。」我的話音剛落，感覺面前一陣黑風瀰漫，我再次定睛一看，我面前的人又變成了冷瞳的樣子。

「好強的靈力。」我心裏感嘆，釋然地鬆了一口氣，低頭吹滅了蠟燭，上前拉起冷瞳，說道：「好了，我們正式開始程序就行了。」

冷瞳還一臉懵懂地看著我，不知道發生了什麼事情。

「你問好了？」冷瞳問道。

「你真的不知道剛才發生了什麼事情？她剛才上了你的身，你難道沒有感覺嗎？」我有些好奇地問道。

「沒有啊，我剛才好像打了個瞌睡。」冷瞳打了個哈欠。

我皺了皺眉頭，覺得這個女屍的靈力居然可以控制冷瞳的心神，力量之大絕非一般，不禁心中隱隱有了一絲擔憂，總覺得哪裡有些不對勁，可是又說不上來。我只好放棄了這個疑問，專心忙活起來。

我們將外面房間的床鋪桌椅都搬進了小房間中，又將女屍平放到床鋪上。我看了一下時間，點了三支清香，又畫了幾張避雷符，四下貼好，才將陰陽尺都拿出來，將尺頭對頭，端正地擺放到桌案上。

我取出一隻黑色瓷碗，放到桌子上，取出一根銀針，對著食指一扎，將一滴鮮血滴到了黑色瓷碗之中。

我轉身看冷瞳，發現她正好奇地看著我，對她招了招手，說道：「我九滴，你一滴。」

冷瞳不禁有些擔憂地看著我道：「泰岳大哥說我要滴八十一滴，那你不就是要滴七百二十九滴血了麼？是不是太多了？」

「沒關係的，七百多滴也沒有多少，最多兩三百毫升，對身體沒有影響的。」我微微一笑，安慰她道。

夜，很深沉，屋子外面很安靜。天空一片肅殺的黑暗，地面風聲颯颯。

籬笆小院裏的那盞搖曳的燭光早已熄滅，泰岳也不知所蹤。

我站在香案前，手裏捏著銀針，手指放在瓷碗上方，一滴滴地向瓷碗裏滴血。九滴血滴完，那些血滴彙聚成了一層血色流質，我輕輕喘了一口氣，轉身對冷瞳點了點頭。

冷瞳連忙走了上來，伸出雪白的小手，將食指放到瓷碗上方。我捏住她的蔥指，銀針在她的指肚上扎了一個小口，立時紅色血絲流出，在指肚上彙聚成一小團鮮紅血滴。

我扭頭看著冷瞳，發現她緊緊抿著小嘴，眉頭微皺，似乎有些疼痛。我輕輕用銀針撥動那個血滴落入黑色瓷碗。

「撲——」血滴入碗，與我先前滴進去的九滴血會合。

「簌——」一聲輕響，我低頭看碗中的鮮血，赫然發現，碗中的那些鮮血呈現出非常奇異的景象。我的鮮血竟然都以冷瞳的那滴鮮血為中心，凝結成了晶瑩的雪花形狀。

這結晶狀態的冰花持續了一會兒，就開始融合，最終所有血液彙聚到中心，與冷瞳的血滴完全融合在一起，將她血液之中的冷寒之力稀釋了。

九陰之血果然不同凡響，它所蘊含的陰寒之力絕對不是普通人能夠抵禦的。我用九滴血才能夠化解她一滴血的陰力。好在我的血量充足，不用擔心自己會流血過多死掉。

瓷碗中的血液融合著，如同擁有生命的小蛇一般，形成了一道道曲線，最終完全融合在一起，血液的顏色變得有點幽藍泛金了。

我心裏一陣竊喜，知道這是已經處於陰陽平衡狀態的精華之血，連忙從背包裏取出注射器，將那些血液抽了起來，然後走到女屍身邊，輕輕地將女屍的手腕拉過來，找準血脈，將精華之血注射了進去。

如果想要讓屍體復活，最起碼要有血液循環，所以，我就想到了這個辦法。

精華之血注射完畢，我又滴出了九滴血，冷瞳也滴了一滴。然後就再次用注射器抽取精華之血注射。

就這樣，一共注射了九次，注射到左右手腕、天靈、眉心、頸動、大椎、天樞、丹田、足心九個穴位。在這些身體重要的穴位都注射了精華之血，使得女屍能夠啟動生命之力。

我這才鬆了一口氣，輕輕擦拭一下額頭的汗水，將注射器丟掉，又將陰魂尺和陽魂尺拿了起來。

「還剩下最後一道程序了。」我將陰魂尺輕輕放到女屍的右手，讓她握住，將陽魂尺放到她的左手，又招呼冷瞳過來，我們各自在陰魂尺和陽魂尺的嵌珠槽裏滴了一滴鮮血。

我領著冷瞳退到香案後面，靜靜地等待異象產生。

但是，等了好半天，女屍沒有任何變化。

冷瞳不覺有些懷疑地拉著我的手，低聲問道：「哥哥，怎麼還沒反應，你這個辦法會不會沒有效果？」

我有些心虛地說：「耐心等等吧，陰陽尺的力量不容小覷，現在應該已經產生作用了，只是我們看不出來罷了，等下有雷電落下就更好了。」

「真的會有天雷降落下來嗎？」冷瞳有些疑惑地問。

「當然，我已經算好了，而且落下的地點就在我們腳下。」我很自信地說，轉身從背包裏掏出最後一件裝備——蓄電池。

這個蓄電池並不是用來照明的，而是用來發動的。我把連接正負極的電線插頭拿了起來，小心翼翼地將負極的插頭連接到陰魂尺上，將正極的電線插頭連接到陽魂尺之上。我稍微退後幾步，這才有些緊張地伸手按下蓄電池的開關。

一旦開關按下，蓄電池裏的電流就會流進陽魂尺，經過女屍的身體，流進陰魂尺，再回到蓄電池之中。電流會極大地刺激陰魂尺和陽魂尺裏所蘊含的靈魂力場，能把它們釋放出來。

「啪嗒」一聲，蓄電池開關按下了，一陣嗡嗡的低沉響聲，蓄電池運轉起來，開始對外輸送電流。

陰魂尺和陽魂尺內部蘊含的強大靈魂力場釋放出來，尺身上發出一層淡淡的青色光芒。一直靜靜躺著的女屍似乎輕輕地動了一下，胸口微微起伏著，似乎在呼吸。

蓄電池的電流持續釋放著，陰陽尺的光芒大盛，熠熠生輝，最終連成一片，完全將女屍籠罩了起來。

由於女屍蒙著黑布和屍衣，所以我看不清女屍的狀況。女屍的身體緩緩地向上拱起，似乎在痛苦地掙扎著。隨即，女屍忽然鬆垮下來，傳來「咕——咯咯咯——」一陣聲響。

我心裏一緊，因為，那個聲音是從女屍的嗓子裏發出來的，聽起來好像是有人緊緊掐著她的脖子，使得她說不出話來。

「呼——」一陣陰冷的黑風猛地將蒙在女屍身上的黑布和屍衣吹翻開了一大塊。

「啊——」冷瞳不覺發出了尖叫。

「不要怕，這是血變！」我連忙將她摟進懷中，不讓她去看那女屍的狀況。

「哥哥，真的沒事嗎？這樣子好嚇人。」冷曈縮在我的懷中，有些緊張地問道。

「沒事的，這是正常狀況。」我定定地看著床上躺著的女屍。

女屍的上半身露出來了，已經面目全非，女屍的臉上佈滿血色印痕，如同一條條紅色小蛇，在女屍的皮下扭動著。而且，女屍的全身應該也都爬滿了這種血色小蛇，有的深入到了皮肉之中，有的四下遊走。

我鬆了口氣，這個場景是我早就預料到的。那些鑽騰纏繞的血色小蛇，正是我注入的精華之血。

陰陽尺的靈魂力場具有強大的療傷之力。現在，女屍正在接納這些精華之血，為接下來的生命重啟做準備。我相信，只要力量足夠，要不了多久，女屍壞死的器官將會修復到原本鮮活的狀態，如同新生嬰兒的內臟一般，重新獲得生機。

女屍皮下的血色小蛇一點點變細，一點點融入女屍的軀體之中，女屍臉上的氣色漸漸泛紅，喉結開始輕動，漸漸恢復了生命跡象，我心中很是激動自得。

我馬上就要成功了！

「呼呼呼——」陰陽尺強大的靈魂力場圍繞女屍，形成了巨大的太極光影圖案，飛速旋轉起來，對女屍的身體進行著修復。四周的空氣也跟著扯動起來，形成了一股龍捲風。

「呼呼呼——」強力的龍捲風一開始還只是局限於小屋子裏，很快就已經擴大到屋子的周邊，開始席捲整個山林。龍捲颶風的力量越來越強，最終變成了一道粗大的黑雲風柱！在這強大的風力之下，小木屋如同碎紙片一般被一掃而空，飛散到黑暗如墨的蒼穹之中。

我們緊緊地相擁著，置身在狂風呼嘯、沙塵漫天、落葉亂飛的荒山野嶺之中。我們處於龍捲颶風的中心，所以，並沒有被颶風吹捲起來。

我們周圍就是一層黑色的風障，一時間，感覺整個世界都在旋轉，氣氛緊張凝重。

「哥哥，這是怎麼回事？」冷瞳有些驚慌地問我。

「沒事的，等等就好了，陰陽雙尺力量強悍，這一次又是大規模釋放，引起一些異像是很正常的。」

這時，女屍的胸口有規律地起伏著，已經恢復了生命狀態。

我心中一陣激動。突然，一聲炸耳巨響猛然傳來，一道刺目的閃電劃破蒼穹，刺劈了下來。

# 第一〇四章

# 不死情緣

「山香草也是生命，以命換命，總算給我留下了一線生機。」

我立刻明白了是怎麼回事。

在最後一刻，泰岳一手抱起我，一手拉著冷瞳，

而那個替代我承受了閃電之力的綠色巨球，

正是那顆山香草凝聚而成的凝香珠。

「哥哥，閃電來了！」冷瞳驚呼。

「不對，快躲起來！」我想到了什麼事情，不覺一把抓住冷瞳的小手，轉身和她一起鑽到了女屍的床下。

「喀嚓」一聲震響，一道刺目的閃電在距離我們不遠的地方劈下，把一棵粗大的柳樹劈成了兩半。

「哥哥！」冷瞳看到了那道妖異的閃電之力，不禁驚得渾身瑟瑟發抖，死命地抓著我的胳膊。

壞了，我千算萬算，把自己給算漏了。現在的閃電，已經不是普通的閃電了，而是雷劫！它們要懲罰我，我這次不但逆天改命，還逆天而行，將死人復活，這種罪過引起的雷劫，會在女屍真正復活的第一時間就將我劈死！

天機不可洩露，生命不能重來。想要救回一條人命，就必須要付出一條人命，輪迴之道，無人能夠撼動！但是，我卻明知故犯，欲與亙古不變的天道相爭。五雷轟頂，我在劫難逃了！

「喀嚓——喀嚓——」一道道閃電厲聲劈下，一點點地向我靠近。

狂風呼嘯，龍捲通天，山林萬樹摧枯拉朽一般斷裂，斷椿如利劍一般，直指天空。

我的頭頂上，金藍相間的光芒還在急速閃動著。陰陽法陣已經順利開啟，只差一點點時間，女屍將會完全復活。

這一刻，我的心海巨浪滔天，翻騰不止。沒有人會不珍惜自己的生命，我不怕死，但並不意味著，我會用自己的生命去換別人的生命。

我在猶豫，我在掙扎，我在艱難地抉擇著。

這個時候，只要我一伸手，就可以關掉蓄電池的開關，也可以將陰陽雙尺抽回來，從而終止陰陽法陣的運轉。如果女屍沒有復活，我就不會再遭到天譴，那些閃電就會遠離我。

到底該怎麼辦？是中斷法陣，保全自己，還是繼續逆天而行，堅持到底，犧牲自己？

「喀嚓，喀嚓——」木屋被吹飛之後的殘破地基被擊打出了兩口大坑，閃電帶起的碎泥飛到了我們身上。

我緊咬著牙，兩隻拳頭捏得咯咯響，緊張得連思考的能力都沒有了。

最後一刻，我果斷下定了決心：堅持到底，絕不放棄！

「冷瞳，脫！」我一把抓住冷瞳的衣衫，猛烈撕扯著。

「哥哥，你做什麼?!」冷瞳被我的猙獰驚呆了。

「如果你還想再見到我，那你就脫衣服！」我沒有時間解釋了。

普通女人的天眼避汙之力，只有一成，而冷瞳是九陰之體，所以，她至少有九成。這是不幸中的萬幸。現在，我只能將一切希望都寄託在冷瞳身上了，希望她能夠幫我擋住奪命的天雷！

我粗暴地將冷瞳身上的衣衫扯下來，將她剝了個精光，抓住她的手臂，看著她的眼睛，滿臉希冀地說：「現在，我全靠你了，你一定要幫我頂住！」

「哥哥，不要說了，你放心吧，我一定會頂住的！」冷瞳果斷地從床底出去，赤身坐到床邊。

「喀嚓——」一道閃電險而又險地掠過頭頂，震得我耳朵轟鳴。

閃電過後，我抬眼去看，冷瞳堅定不移地坐在床上，她肯定也非常驚恐，卻沒有動搖。我不覺鬆了一口氣，心有餘悸地抹了抹額頭的冷汗，連忙從床底下鑽了出來，開始忙活起來。

時間不多了，女屍差不多要完全復活了，我必須採取一些措施。

冷瞳全身一絲不掛，藍髮在風中飄揚，閃著幽藍的光亮。她給我爭取了寶貴的時間。

我關掉了蓄電池，籠罩在女屍周身的陰陽法陣也瞬即消失。但是，天雷並沒有退去。我收起陰陽尺，揭掉了女屍身上蒙著的黑布，又把屍衣扯了下來，披到自己身上，然後，我俯身撕扯女屍的衣衫，如同先前撕扯冷瞳的衣衫那般粗暴。

「嫂子，對不起了，先借你的身體一用！」我在心中大喊著，三兩下將女屍剝光。

「喀嚓——」一道閃電近在咫尺劈下，將地上的泥土掀起了一片。

在閃電的照耀下，我這才看清楚，此時躺在床上的女屍，肌膚鮮嫩如嬰兒一般，全身素白光滑，胴體豐盈細膩。

「喀嚓！喀嚓！」閃電連番劈下，聲勢摧天裂地，四周更是狂風呼嘯，寒氣逼人。

冷瞳天生體寒，但是在這狂風之中，也被凍得瑟瑟發抖。小丫頭緊咬嘴唇，沒有一點兒退縮的意思。

「再堅持一時三刻，如果能夠躲過去，那麼我們就成功了！」我大喊道。

「你快躲起來！」冷瞳皺眉喊道。

「妹子，謝謝你！」我忍不住緊緊地抱了她一下，轉身想要再鑽到床底下。

就在我轉身的一剎那，猛然看到床上躺著的女人身體上泛起了一抹綠色光芒。

我不覺一愣，仔細一看，居然是一顆綠瑩瑩的珠子。

「凝香珠？」我才想起來，原本這個女人的身體中是長著一棵山香草的，後來山香草縮到了體內。我以為山香草已經完全和這個女人融合在一起了，原來是凝結成一顆晶瑩翠綠的丹珠。

山香草本來就已經是陰力滋潤之下才能夠生長出來的靈物，現在結成了丹珠，那效力可想而知是多麼強悍了。山香草的作用原本是醒神、辟邪、解毒，現在估計就成了鬼神難近、可解百毒的寶貝了。

我不假思索地伸手就去拿凝香珠。沒想到，一道黑影突然出現在我面前，一隻大手快我一步，將那顆凝香珠抓進了手心。

我不覺一驚，抬眼看時，發現來人是泰岳。這個混蛋，恰恰在這個關頭出現了，而且還將我想據為己有的寶貝給搶了。

「你！」我憤怒地咬牙看著他。

「少廢話，先保住你自己的命再說吧！」泰岳抄手從床上將女人抱了起來，轉身飛奔而去，很快就消失在茫茫夜色中。

見到泰岳飛奔而去的身影，我真是有些後悔自己冒了這麼大的風險去幫他救人了。我真是瞎了眼了，竟然連續兩次上了這個混蛋的當！

「該死！」我憤恨無奈地緊攥拳頭，心中問候著泰岳的祖宗十八代之後，才恨恨地再次鑽到床下。

「喀嚓！」我剛剛鑽到床下，閃電居然加大了力度，而且更靠近了我們，幾乎就是直對著床劈擊下來了。

「喀嚓！」一道閃電擊中了木板床，木板床瞬間黑煙冒起，燃起了熊熊大火。

「啊——」幫我擋著天雷的冷瞳終於尖叫出聲，從木板床上跌下來。

又一道閃電瞬息而至，將木板床擊得片片粉碎，木屑四下紛飛。我立刻完全暴露在曠野之中。

我除了那一身被勁風撕扯得有些碎亂的屍衣之外，已經沒有任何可以對抗天雷、可以逃避劫難的東西了。強風迎面吹來，我縮身坐在地上，扯著身上的屍衣，絕望地向天上望去，心中只剩下了無奈的嘆息。看來，這一劫是躲不過……

我乾脆放下了希望，深吸一口氣，低下頭，靜靜地等待著五雷轟頂的天譴。

這時，我的眼前突然閃過一片素白光芒。被雷電掀飛出去的冷瞳，此刻竟然跑了回來。

「躺下！」冷瞳一把將我推倒在地，接著一下騎坐在我的胸口之上，身體後仰，兩隻小手撐在我的肩窩，藍髮飄在我的眼前，就這樣擋著我的身體。

我的心中猛然一震。冷瞳為了我，居然甘願冒這麼大的險。我這次的罪孽太大了，區區天眼避汙根本就擋不住天雷劈擊。

「喀嚓，喀嚓！」果然，冷瞳剛在我身上坐下，數道雷電追命一般劈擊下來，將四周的土地幾乎都翻耕了。

就在我們的頭頂上，數道巨大的閃電已經彙聚到了一起，看樣子幾乎可以劈翻整個山頭了。這是想要一擊斃命，將我和冷瞳一起消滅掉了！

「不要！你快走開！」我再也無法安然躺在地上，我躲不過這一劫了，不能連累了冷瞳。

我猛地挺起身體，一把將冷瞳推翻出去，接著跳了起來，隻身去迎接那巨大無匹的天雷閃電。

「喀嚓！」巨大的閃電光柱如同從天而降的降妖之劍，直刺我的胸前，閃電光芒籠罩住了我的身體。

一瞬間，我感覺不到身體，眼前只有一片閃爍的白光。整個世界都安靜下來，一切都消失了。

此時，我已經有死亡的覺悟了。我還有些不甘心，九陰鬼域的未解之謎，崩血之症的解除方法，西倫古海的未盡之行。

但是，方大同就要消失了，所有的故事就要終結了。

我落到了地上。我竟然睜開了眼睛，看到了一片「綠天」。一大片透著光亮的綠色，翠綠晶瑩的綠色，懸立在離地一丈高的半空，如同一張巨大的荷葉擋在我的上方。

我滿心驚疑地舉目四顧，這才看清楚狀況。原來，這不是荷葉，也不是擎天巨傘，而是一顆巨大的綠光閃爍的圓球。

這個圓球似乎是中空、由草葉編成的，它閃著翡翠一般的光芒，在風中抖動旋轉著，就在我還沒有回過神來的時候，只聽「呼啦」一聲，圓球的上方猛然迸發出一片刺目的焰火，瞬間吞噬了整顆圓球，變成了一團熾熱的火球。

「快閃開！」一個聲嘶力竭的尖叫聲從遠處傳來。

我扭頭望去，距離我不到十米遠的地方，一個黑髮如瀑、全身一絲不掛的女人正在揮手對我大叫著。

「閃開？」我苦笑一下，全身一軟，閉上了眼睛，準備迎接天火的洗禮。閃電已經讓我全身都燒得一片焦黑了，我看到自己身體的皮肉已經有一大半都熟透了。這種情況下，我怎麼可能還能行動？

「哥哥！」就在我已經完全放棄的時候，一個清靈的聲音在我耳邊響起，我覺得自己的手臂被扯斷了一般，一股鑽心刺痛傳來。睜眼一看，冷瞳跑到我的身邊，想將我救出去。

但是，冷瞳的力氣太小了，她拉著我的手臂想把我拽起來。一拽之下，非但沒有把我拉起來，反而把我小臂上的一層熟透的血肉擼了下去。

「哧」一聲輕響，血肉一擼到底，皮肉外翻，露出了一條白骨森森的手骨。

「啊！」冷瞳驚得發瘋般大叫，昏死了過去。

就在巨大的火球還差半尺就落到我們頭頂的時候，突然側面一陣風捲來，我感覺身體如同斷了一般，有人攔腰把我抱了起來，飛速離開了大火球的隕落範圍。

「山香草也是生命，以命換命，總算給我留下了一線生機。」我立刻明白了是怎麼回事。

在最後一刻，泰岳一手抱起我，一手拉著冷瞳，而那個替代我承受了閃電之力的綠色巨球，正是那顆山香草凝聚而成的凝香珠。

泰岳將凝香珠搶走的時候，我還恨過他，沒想到，他帶著凝香珠回來救了我一命。而那顆凝香珠，在天雷轟擊之下，徹底灰飛煙滅了。

山香草凝聚成了丹珠，就如同一顆種子，可以在適當的環境和條件下重新生根發芽生長起來。但是，現在它補償了本應由我來還給蒼天的生命。

隨著山香草的逝去，閃電沒有了，狂風停止了，一片狼藉的山頂密林恢復了寧靜。

由於傷勢太重，我早已不省人事，昏死過去。

當我醒來時，是躺在一間設備齊全的豪華病房裏，我的身上插滿了管子，就好像我是一部機器一般，正在艱難地運行著。

我的周身綁縛厚厚一層紗布，像個木乃伊。

我側頭向外看去，發現病房的玻璃門外，擠滿了張牙舞爪的人影。我現在覺得有些丟臉，雖然這一次完成了一個壯舉，卻落了個全身焦糊。

「啪嗒——」一聲輕響，病房門被推開了，一張張熟悉的面孔接連湧了進來。

最先撲過來的是冷瞳。小丫頭嚇壞了，她走到床邊的時候，全身無法抑制地發抖，淚水從臉頰上滑落下來。她緊緊地捂著小嘴，一句話都沒能說出來。

我知悉她的心聲，不覺對她瞇了瞇眼睛，想給她一個安慰的微笑，可是我的臉上纏著紗布，使得表情有些莫名其妙。

緊跟著進來的是泰岳。

這傢伙臉上沒有多少表情，臉有些僵硬，似乎對我的死活並不是很關心。但是，他走到病床前時，竟然單膝跪到地上，怔怔地看著我說：

人。

「兄弟，此恩永世難報！」

我越過他的身影，在他的背後看到了一個臉色白淨、身材窈窕、端莊秀麗的女人。

女人也在看著我，她有些緊張，一雙手不知所措地捏在一起，怔怔地愣了半天之後，才斷斷續續地對我說：「謝，謝謝你，方曉兄弟。」

女人也學著泰岳的樣子跪了下去。

我不禁想和他們說話，這猛然扯動了臉上的傷口，疼得我全身都抽搐了。無奈之下，我只好勉強抬起裹滿紗布的手臂，對他們揮了揮。

泰岳和女人對望了一眼，一起站了起來，又對我說了一大堆感謝的話，然後泰岳輕輕挽著女人的手，退了出去。

「嗚嗚，嚶嚶——」冷曈站在我的床邊，還在不停抽泣著。

我不禁一陣心疼感動，只好忍著疼痛，伸手碰了碰她的手臂，「嗚嗚」地哼了幾聲。

冷曈這才平復了下來，搬了一張椅子，在床邊坐下，想多陪伴我一會兒。

這時，醫生護士也知道我醒過來了，他們毫不客氣地把冷曈趕了出去，然後把我推進手術室進行手術。

我不覺有些生氣，忍不住「嗚嗚嗚」叫了幾聲。醫生自然沒有理會我，接下來，他們給我動了手術。

在動手術之前，他們給我打了麻醉劑，但是，麻醉劑對我來說根本就沒有作用。我不得不忍著劇痛，一直熬到手術結束。

他們給我做的是一小塊皮膚的植皮手術，如果他們是做大手術的話，我可能會活活疼死。我不禁想到，我現在幾乎全身皮膚都燒傷了，必須換上新皮膚，難道我就要這麼強忍著一次又一次的劇痛嗎？

我不敢想像那種漫長的痛苦，與其忍受這種無盡的折磨，我還不如直接死了爽當。

我的恢復能力雖然強，但那是以血肉和內臟並沒有遭到質的損傷為條件的。現在我周身都被烤焦了，我的恢復能力再強，也不可能自行生長出新鮮的血肉和皮膚，想要恢復的話，必須借助外力。只有通過植皮手術，我才能重新變成一個「人」。

這一刻，我真的絕望了，我害怕了。沒想到，我百毒不侵的體質，最後卻變成了一把雙刃劍，成為帶給我無盡痛苦的根源。

看來，這是上天對我的又一次懲罰。天譴到了這個時候，壓根兒就沒有過去。

我雖然撿回了性命，卻也因此遭遇漫長的折磨和痛苦，這可比一下子將我殺死難受多了。

天譴的最高級別——無盡煉獄，是逆反了天道、作惡多端、屠害人間的妖魔精怪才會遭受的頂級天譴，現在卻降臨到我的身上。看來，注定的事情，果然是無法逃脫的。

這時候，我是多麼希望自己是可以被麻醉劑這種藥物作用的，那樣的話，我就可以好好睡個覺，醒來就會發現皮膚恢復如初了。

不過，這是不可能的，我有所得就必有所失，現在也只能認命了。

冷瞳、泰岳和那個剛剛復活的女人，是他們把我送到醫院的，他們怎麼也不願離開，其他人要想來看我，也必須得經過他們的允許。

我已經知道那個陌生的女人叫明香。這些日子以來，她跟隨著泰岳進出病房，偶爾說一兩句話，已經和我熟悉了。明香沉靜端莊，有一種超凡脫俗的氣質，彷彿山間的白海棠。

我在沭河市最好醫院的最好病房裏，給我治病的醫生也都是燒傷科專家，還有從外地請過來的。不過，這些專家面對著我幾乎全身都燒得半生不熟的爛肉時，也是一籌莫展。普通人在這種情況下早就死了，現在的我已經是一個醫學奇蹟了。

而且，我馬上就要轉院了，之所以沒有立刻離開這裏，其實只是因為對於把我轉到南城還是轉到北城，有截然相反的對立意見。

主張把我轉回南城的人，以林士學、二子和泰岳為首。他們認為我的傷勢太重，不適宜長途奔波，雖然南城的醫療水準比不上北城，但是以林士學的能力，可以給我請到最好的醫學專家。

主張把我轉回北城的人，就是玉嬌蓮和薛寶琴等人了。玉嬌蓮那邊，陳邪和胖和尚都來了，簡直是來和林士學搶我回去的。

這兩派人爭執得臉紅脖子粗，誰也不讓誰。

還有一些沒有參加爭執的中立分子，就是冷瞳、玄陰子和李明香。

讓人慶幸的是，冷瞳表現出了很強的擔當能力，在她的一力安排下，我被轉到了南城最好的醫院——中大醫院。

進入中大醫院之後，正式治療過程就展開了，我也開始了漫長的煉獄。治療期間，冷瞳等人一直在病房守護著我。

後來我才知道，那些給我換的皮，是以我自己的皮膚細胞為基礎，在實驗室裏大量培養出來的。國內還沒有這麼成熟的技術，所以都是在國外實驗室培養好之後再空運回來的。

我臥病在床的時候，冷瞳會給我讀報紙，和我一起看電視，她非常喜愛這個喧囂的城市，每天都會給我講很多她覺得新奇的事情。

除了照顧我之外，冷瞳還經常去看望姥爺。她說，姥爺的身體每況愈下，情況不太好。盧朝天教授也來看過我幾次，也說了姥爺的情況，如果再耽擱下去，恐怕就沒救了。

現在我如果想要救回姥爺，就要打破時空，使得姥爺的血肉不再被那個時空吸收過去。我覺得不能再耽擱了，必須儘快啟程，前往西倫古海，找到那部神秘機器，用它來消除雷鳴電網，清除九陰鬼墟。

我遭了很多罪，等到身體康復出院時，已經過去一年時間了。

這一年來，陰陽師門的產業在玉嬌蓮的經營管理下蒸蒸日上，海外市場得到了拓展，資產翻了好幾番，現在我的身家很豐厚了。而徐彤成了陳氏集團的頂梁柱，兩位大美女成了我的左右手。

林士學在這一年裏又高升了，成了副省長，出人頭地指日可待。薛寶琴和林士學結婚後，退居幕後，而林士學在她的支持下風生水起。

玄陰子經常去看姥爺，坐在姥爺床邊說一大堆話。玄陰子的崩血之症也變得嚴重了，所以，他也期待我早點康復，好想辦法幫他消除崩血之症。

二子和鬍子在這一年裏，也各自完成了一件大事。

二子結婚了，女方是薛寶琴介紹給他的，是個名媛，長得很漂亮，結婚之後沒多久就懷孕了。這可把二子樂得臉都開花了，每次來看我，都笑瞇瞇地吹牛說他肯定會添個兒子，以後會像林士學那樣當大官。

鬍子呢，則是徹底離開了那兩個黑白老怪，搬到城裏來跟著我混了。他說兩個老頭兒越活越有勁頭，決定回各自師門去了。

泰岳後來就很少來看我了，但是每次來都會帶一些野味給我。

冷瞳本該去上學的，可是這丫頭不想離開我，不想讓我一個人寂寞，所以，她一直陪著我，她的課程就只好由我來親自傳授了。

冷瞳十四歲了，長高了不少，由於營養好，人也胖了一點兒，膚色更加水靈通透。冷瞳進入了青春期，幾乎是一天一個樣，腰是腰胸是胸的。她開始愛美，很喜歡照鏡子，也喜歡買漂亮的衣服。

每次看到冷瞳，我心裏都很甜蜜，感覺就像是看著自己一手帶大的妹妹一般。我已經認定冷瞳就是我的唯一。我們就這樣親密地相處著，日子過得平靜而美好。

我養了一年的傷，吃飽了睡，睡飽了吃，人胖了不少，個頭也長高了。能下床之後，我便加緊鍛煉身體，因為我知道，不久的將來，就要面對不可預料的危險，這樣的身體素質可不行。

我出院回到紫金別墅後，一邊每天鍛煉身體，一邊著手安排接下來的行程。要跟我一起出發的人員已經定下來了。首先，自然是冷瞳和鬍子。鬍子帶著鬼猴二白，這段時間在城裏早就憋壞了，巴不得出去轉悠。

還有就是泰岳和李明香，他們是為了報答我的恩情。

本來，我的意思是讓泰岳好好在家待著陪老婆，不要和我一起出去冒險，結果這傢伙眉頭一橫，把老婆也帶來了，非要和我一起去。見他這麼堅持，而且他的實力很強，我也樂得有他們加入，能增加勝算。

玄陰子最近身體狀況不好，不過還能行動，而且他確實想給我幫忙，也算是給自己救命，所以，他堅持要和我一起去。

二子結婚後，被老婆管得死死的，還在林士學的安排下當了區長，工作很忙，這一次就不能和我一起去探險了。

玉嬌蓮給我的探險隊準備了頂級的考古裝備，因為路途遙遠，這些裝備放在烏齊市。她還從科學院請來了一位專門研究西部文化的考古專家，給我們的隊伍當嚮導。考古的審批當然就由薛寶琴搞定了。

現在萬事俱備，我也已經恢復了體力，如同下山猛虎一般，急著要一展身手。於是，我一聲令下，大家就出發去探索那充滿未知之謎的西倫古海了。

我們從南城直飛烏齊市。一下飛機就看到玉嬌蓮帶著人在等我們。

「哎呀，這位就是冷瞳小妹妹吧，快讓姐姐看看。」玉嬌蓮看到冷瞳，很開心地拉著她的手，噓寒問暖。

冷瞳自然聽我說起過玉嬌蓮，她上下打量著玉嬌蓮，粲然一笑道：「嬌蓮姐姐，你真好看。」

我招呼眾人道：「大家都上車吧，準備出發啦。鬍子，你把二白看好，別讓牠亂跑。」

「放心吧，就算你丟了，牠也丟不了。」鬍子笑道。

從烏齊市開始，就只能靠我們自己開車前進了。西部地區氣候乾燥，地廣人稀，沒有去過沙漠的人，根本無法想像赤地千里、黃沙漫天的荒涼。

我們的車隊從烏齊市出發時是早上七點，太陽從地平線上費力地往上爬。雖然在市區，可是到處都是塵沙飛揚。我雙手掌著方向盤，死死地踩住油門，任憑車子如同凶狂的猛獸一般，在寬闊空蕩的公路上飛馳。

我們出了市區，沿著國道前往哈密市，除了路兩側的耐寒胡楊之外，四野罕見綠色。到處都是土黃色，雖然不是沙漠，大地卻已經嚴重沙化，連綿不斷的山頭，典型的風化地貌。

風很大，沙塵掩蓋了公路瀝青的顏色，公路也是土黃色的，車子行駛時就如同火箭彈，拖著長長的塵煙尾巴。

一路上很少見到人家，只是偶爾在小山窩裏見到一兩座孤零零的低矮民房，房子也土裏土氣的，屋簷幾乎低到了地上，窗戶根本就是一個黑色出風口，一眼望去，如同埋在沙堆裏的骷髏眼眶一般淒涼。

又開了一段時間，總算偶爾看到山上長著稀疏的樹，有些草皮覆蓋，上面爬滿牛羊。

繼續往前走，路兩邊林立著冒著濃濃黑煙的煙囪，煙囪下是一排用紅磚壘建而成的圍牆，圍牆裏好像是廠區。想必是西部大開發，一些投資者來這裏挖礦開的工廠。

我們的車隊一共有三輛越野車，我開的是第一輛車子，同車的是冷曈、玄陰子和那個請來的考古專家。

考古專家叫吳農穀，六十歲左右，經常來西倫古海附近考察，對當地情況極為熟悉。他高高瘦瘦的，勾著頭，刀條臉，穿一身中山裝，一看就是老學究。

第二輛車上是泰岳夫妻。最後一輛車子是鬍子開的。鬍子本來不會開車，我臨行前才把他教會了。這並不是因為鬍子天賦高，完全是因為在這個人煙稀少的地方，駕駛汽車並不困難。

我們的裝備分裝在三輛車上，幾乎把車廂都填滿了。一路上，我們遇到了幾次哨卡，都順利地放行了。

# 第一〇五章

# 死亡禁地

吳教授皺眉道：「其他的都不用擔心，
唯一比較邪乎的地方，就是雞皮荊棘層。
那兒是出了名的死亡禁地，很少有人敢過去。
希望這次咱們能夠一切順利，
我可不想這麼一大把年紀了，還葬身在這裏。」

我們花了大半天時間，到達了哈密市。

當地人很熱情，我們吃晚餐的時候，一個哈吉老爹過來遊說了好幾次，想讓我們去他開的小旅館住一晚上。他告訴我們，海裏有狼，還有怪獸，沙漠巨蜥之類的，總之很不安全。

哈吉老爹所說的「海」，指的就是西倫古海，雖然說這海裏只有沙子沒有水，但是當地人叫習慣了，依舊把那個地方叫做海。

對於「海」，當地人是很有感情的，他們說，當年海裏還有水的時候，這兒是一片綠洲，牛羊成群，繁花似錦，但是這麼多年下來，由於過度放牧和人口的增加，水源的破壞越來越嚴重，最後海變成了一片沙漠。西倫古海，這個曾經有「沙漠明珠」之稱的內陸海水，就融入了廣袤的塔干拉瑪沙漠之中了。

塔干拉瑪沙漠處於塔里木盆地東側，地勢平坦，這裏就是戈壁和黃沙。戈壁灘上遺留著河流當年流過的痕跡，有些地方還有一些貼著地皮生長的細小薊草，沙丘上有一撮撮荊棘，據說那是尋找水源的風向標。

我們沒有久待，向西倫古海開拔。

我們進入戈壁灘時，已經是下午太陽快落山了。幸好吳教授認識路，他說在沙漠深處有一個可以宿營的地方，我們趕到那裏就可以停下來休息。

太陽很快就西沉了，大地籠罩著一層灰色，風吹得更猛了，沙石亂飛。

「會不會有沙塵暴？」鬍子在對講機裏問我。

「北城才有沙塵暴，這裏叫沙暴！」我笑道。

「聽說沙暴很凶殘的，咱們要不要先停下來，等風沙過去了再走？我聽著這風聲有點鬼叫的感覺，愣是駭人。」鬍子說道。

「對啊，還有多久才能趕到營地？吳教授，那個地方到底是什麼情況？」泰岳的聲音也傳來。

「是個小鎮。」吳教授有些感嘆道，「全鎮只有兩百多人，都是鹽礦上的工人和家屬。這個小鎮就叫古海鎮，那裏的人口流動很大。」

「古海鎮？那邊有沒有水源？」鬍子有些疑惑地問道，「生活條件怎麼樣？」

「沒有水，什麼都沒有，沙漠中心地帶，條件能好到哪裡？住房都是木板小屋或者窩洞，食物和飲水是從外面運進去的。那邊有個部隊駐紮，定期補給食物和飲水，鎮上的人也是靠部隊的補給。」吳教授繼續介紹道，「那個地方可以上網，通訊還算方便，手機有信號，固定電話也可以打。」

「好吧，方曉，你聽到了吧？是不是很激動很振奮？」鬍子在對講機裏調侃道。

大漠夜色蒼茫，到處都是樣子差不多的沙丘和風化峭壁。在這樣的地方，如果不熟識環境，是很容易迷路的。

從哈密前往古海鎮，已經沒有公路了，只有被風沙掩埋了大半的模糊不清的土路。吳教授說，這些土路都是駐地部隊和礦上的工程隊一點點踩出來的。這條路十天半個月難得走一次，三四百公里內杳無人煙。

「等下咱們要是在路上看到行人，是不是就證明那個人不是人，是鬼怪？」鬍子開著玩笑道。

「差不多吧，就算不是鬼怪，那也肯定不是凡人。」吳教授難得笑了一次。

「說不定是神仙呢。」泰岳嬉笑道。

大家用對講機說笑著，氣氛略微輕鬆了一些。

三輛車子拉著煙塵，在荒涼的沙漠古道上一路開著，直到深夜時分，都還沒有到達吳教授說的那個古海鎮。

天色很黑，有些雲層，星月不明，光線暗淡，再加上風沙有些大，我們循跡而行的沙道越來越模糊，最後都快辨別不出來了。

到處都是連綿不斷的沙丘，我心裏頓生緊張，意識到這樣走下去很有可能會迷路。指北針已經派不上用場了，因為，就算能夠辨清楚方向，但是距離太遠，還是有可能會走錯方向，說不定會誤入死地。

我關掉了對講機，問吳教授大概還要多久才能夠到達古海鎮。

吳教授顯然明白我的擔憂，不覺微笑一下，安慰道：

「放心吧，很快了，還有幾十公里就到了，最多也就一兩個小時吧。你不用擔心，這條路我走過很多次，從來都沒有出過問題。因為，這條路是筆直的，是正南正北的路，我們現在一路向南開，絕對沒有問題的，不信你看這張地圖。」

吳教授打開了地圖，又拿出了指北針，用手電筒照著，對我解釋了一番。

我發現那並不是一張標準地圖，而是手繪的粗糙地圖，地圖的範圍基本就是整個西倫古海。想必這張地圖是吳教授根據自己多年的經驗自行繪製的。

在莽莽的沙漠之中，最缺少的東西其實不是水源，而是地標，也就是說，想要繪製一張沙漠地圖其實是非常難的。因為，在沙漠裏到處看起來都一樣，想要標明某個地點的所在，只能使用經緯度，而不能使用地標作為參考物。

讓我感到奇怪的是，吳教授的手繪地圖上，卻標了好幾個地標。最中心的地標當然是古海鎮，在古海鎮周圍又有幾個地標。這些地標都有名字，叫雙生石像、老人峰、部隊駐地、雞皮荊棘層、小河墓地、古族遺址等。

我不禁好奇地問：「這是你自己手繪的吧？應該沒得賣，對不對？」

「有是有，只是沒有這麼詳細，市面上賣的那些，只有幾個有人居住的地標，然後用幾條線連接了一下，讓人知道怎麼在這幾個地方之間走。他們不會把沒有人居住的地標畫出來，就是不想讓探險者迷失方向，以為那個地標有人，結果過去之後，卻發現那裏什麼都沒有，只能活活餓死、渴死。」吳教授用手指著哈密前往古海鎮的路線，「你看，這條路多筆直？所以，我們不可能走錯的。按照指北針的指示，我們現在的方向是對的，加快速度吧。」

我這才放下心來，加速向前開去。

現在是春夏之交，但是塔干拉瑪沙漠的春天卻遲遲還沒有到來的意思，綠草的新芽只冒出一點點。白天的氣溫還可以，到了晚上氣溫驟降，幾乎到了零度，再加上呼嘯的大風，我們坐在車廂裏感到寒氣逼人。

我裹了一件大衣，吳教授和玄陰子也把自己厚厚地包了起來。只有冷瞳，依舊是一身單衣，安靜地坐在我旁邊，沒有覺得冷的意思，也沒有困倦的樣子。

到現在為止，冷瞳還不知道我此行的目的。當然，不光是她，泰岳、鬍子和玄陰子，都不知道我們此行的具體目的到底是什麼。最終的目的地，只有我一個人知道。

出發之前，我只是說，在西倫古海可以找到消除九陰鬼域的遠古神器，但是東西具體在哪裡，我沒有具體地說明。以玄陰子的精明，他應該知道我不會無的放矢，沒事跑到沙漠裏來探險，他也不會這麼傻乎乎地跟著我來受罪。

我之所以沒有把所有資訊都告訴他們，其實是因為我自己也不是很確定那些資訊的真實性。深入西倫古海的一路上，我一直在心裏打著嘀咕，總是一點兒莫名的擔心。

凌晨一點時，汽車油量基本耗盡，我們終於在地平線上看到了一點亮光。古海鎮終於到了。進鎮的時候，我們遇到了哨卡。吳教授和駐地部隊的領導有交情，所以我們受到了禮遇，他們帶著我們去了部隊的營房，好吃好住地安頓下來。

開了一天車，我們實在是有些累了，四個男人擠著一間房子，冷瞳和李明香住另一個小房間，吃飽喝足之後就睡下了。

第二天一大早，我們被軍號聲驚醒，和戰士們一起用完早餐，就一起出了營地大門，準備探探四周的環境。

紅日東升，而且非常幸運的是沒有什麼風，雖然到處都是黃沙，可是天氣很好。我們看到了這個小鎮的全貌，心中不覺有些惻然。

整個鎮面積不到兩平方公里，還包括部隊營房和一座礦廠。鎮上用來居住的地方，就只有半個足球場大的地方。而居住的地方，都是臨時搭建起來的木板房和在戈壁岩石上挖出來的窩窟。

住在這些房屋裏的都是工廠的工人，大多是當地居民。想必也只有當地的人，才能夠經受得住這麼艱苦的環境。吃完早飯之後，工人們上工去了，整個鎮就變得很安靜荒涼。鎮的四周是連綿不斷的沙漠。

我點起菸，從鎮子的一頭走到另外一頭，菸還沒抽完。我們回到駐地營房，開始商量接下來的行程。

大家很好奇，我到底要帶他們去哪裡，做什麼。我的視線落到吳教授身上，有些欲言又止。吳教授明白了我的意思，不覺訕笑一下，點了一根菸，起身出去溜達了。

吳教授走後，我這才把計畫和盤托出。

「也就是說，我們接下來要去的地方，就是小河墓地？」鬍子問道。

「對。」我點頭道，「吳教授曾經去過小河墓地，有他帶路，我們可以很快就到達目的地。」

「嗯，那麼，到了那裏之後，又要怎麼辦？你也說了，當年那座詭異的墓地已經被深埋了，現在想必早就融入漫漫黃沙之中無法辨認了。更何況，就算我們找到了，也還要挖開厚厚的沙層。」玄陰子有些疑惑地問道。

「這個只能靠運氣了。我聽說那個目的地上方，是一處小戈壁山峰，相信地方應該是很容易認出來的。唯一困難的是怎麼挖開厚厚的沙層，我們沒有重型挖土機，到時候可能要費點力氣。」我有些盲目樂觀地說道。

「那好吧，我們早點出發，不要再耽誤時間啦。」玄陰子咂嘴道。

「還有一件事情。」我有些猶豫地說道。

「有什麼問題，你說吧，大家都已經到這裏了，還有什麼不能說的？」玄陰子說道。

「墓地那邊的情況可能不太平常。」我皺眉道。

「怎麼個不平常法？」大家好奇地問道。

我把盧朝天給我的資料上的資訊，給大家大概說了一下。

「哈哈，這下好了，又新奇又刺激，我喜歡！」沒有想到，大家居然一臉興奮，鬍子更是兩眼放光。

我在心裏嘆了一口氣，知道他們是怪事見多了，根本就見怪不怪了，也不好說什麼，只是提醒他們小心行事，就出去找吳教授商議行程了。

到了營房外面，我在部隊領導的辦公室裏找到了吳教授。

「教授，有個事情，需要你幫幫忙。」我拉著吳教授往一處荒涼的沙丘上走，給他點了一根菸：「我們要去一趟小河墓地。」我也點了一根菸，抽了一口，抬頭看著他問道：「你能幫忙領路嗎？」

「領路是可以的。」吳教授皺了皺眉頭，意味深長地看著我說道：「不過，我可要先警告你，那個地方可不太平。」

「這個我知道，不過，我們確實有急事要去，只好麻煩你了。」我心裏明白，這個吳農穀是被玉嬌蓮用錢砸過來的，他和我們之間就是非常單純的交易關係，他是絕對不會拒絕的。

「那好吧，我們收拾一下就可以出發了，今天風不大，天氣很好，趕得快的話，下午應該能到了。」吳教授皺眉問道，「你們要在那個地方待多久？」

「這個不太清楚，可能要待一段時間。」我含糊地說。

「那這樣吧，我把你們送到了就回來了，就不陪你們了。你也知道，我的身體不太好，不能長時間奔波。」吳教授裝模作樣地咳嗽了幾聲。

見到他這麼謹慎小心，我在心裏嘆了一口氣，點頭道：

「嗯，那就這麼說定了。不過，你離開之後，可不要直接就回去，最好能在這個鎮等我們幾天。萬一我們出了意外，也好幫我們傳個話出去。」

「這是自然的，到時候電話聯繫吧，超過七天沒有消息，你們食物和水都用光了還沒有回來，我就給嬌嬌打電話，讓她來處理。」吳教授說道。

「嗯，好。」我點了點頭，心裏很佩服玉嬌蓮的能力。

我回去把玄陰子等人叫了出來，大家檢查了裝備，給車子加滿了油，就再次衝進了茫茫沙海。

「小河墓地離這裏比較遠，沿途有兩處地標——雙生石像和雞皮荊棘層，我們只要找到這兩個地方，就可以找到小河墓地。」吳教授指著地圖說道。

「嗯，這一路上有沒有流沙或者其他東西？」我問道。

「不知道，沙漠裏環境多變，整個沙丘都可以移動，而且這裏有很多生命體，未知的東西很多。我雖然經常來這裏考古，也沒有完全把這些謎題搞清楚。不過，我們開著車子，不用太擔心，只要車子不陷到沙坑裏，其他都好辦。」吳教授說道。

「那要是陷到了沙坑裏呢？」我皺眉問道。

「那就用繩子牽引，拖出來就是了，如果實在太深了，就只有放棄了。」吳教授皺眉道，「其他的都不用擔心，唯一比較邪乎的地方，就是雞皮荊棘層。那兒是出了名的死亡禁地，很少有人敢過去了。希望這次咱們能夠一切順利吧，我可不想這麼一大把年紀了，還葬身在這裏。」

我心裏有些不悅，心想怎麼突然說出這麼不吉利的話了。

我聽說，沙漠裏有狼、有野駱駝、有飛得很高遠的雄鷹，遺憾的是，我們一路上都沒有看到。

在我們到達第一個地標的時候，才發生了一件非常詭異的事情。

按照吳農穀的說法，雙生石像是兩座遠古時期遺留下來的古跡。兩座石像都是由黑色岩石雕刻而成的，形象是一男一女互相挽著手，都有幾米高，它們是一對戀人，在莽莽沙海之中看著世事變遷、滄海桑田。

「這對石像的來歷很奇怪，到現在還找不到它們所屬的文化。根據碳十四的檢測結果，它們出現已經超過三十萬年了，是史前文明。我猜測，在這片沙漠之上，在人類文明出現之前，曾經有過高度文明的文化。」吳農穀感嘆道，「我是研究科學的，但是，說實話，這個世界上真的有很多科學無法解釋的現象。」

「呵呵，這不是很正常嗎？科學探索是無止境的，就是要不停發展的嘛。」我嬉笑道。

吳農穀不覺好奇地看了看我，含笑道：「我聽嬌嬌說，你今年才十八歲，高中都沒有上完。不過，你的見識確實與眾不同。」

快到中午的時候，灼灼烈日曝曬下，我終於在漫漫黃沙的地平線上看到了一個小黑點。

「到了，就是那裏，我已經有七年沒來過這裏了。」吳農穀不覺有些興奮地說道。

我向那個小黑點行駛過去，翻過幾個沙丘，來到一處戈壁灘上，看到了兩個石像。石像的軀體很勻稱，但是，石像不是站立的，而是弓腰低頭，手臂也向下伸著。

我不覺有些好奇，正想問吳農穀，一轉頭就看到他居然大張了嘴巴，怔怔地看著那對石像，似乎非常震驚。

「停，停，停！」吳農穀雙手顫抖地一把抓住了方向盤。我猛踩剎車，車子停了下來。

石像上落滿沙塵，卻讓人感到一種蠢蠢欲動的氣息，就好像那兩座石像馬上就要活過來。

後面鬍子和泰岳的車也停了下來，對講機裏傳來他們的聲音，問我發生了什麼事情。在他們看來，那兩座石像雖然姿勢怪異，卻也不足為奇。

「沒什麼事，吳教授要考察一下那兩座石像。」我正拿著對講機回答，吳農穀已經推開車門，瘋狂地向兩座石像跑過去。

我和冷瞳、玄陰子互相對望一眼，覺得事情有些怪異，便也下了車，跟在吳農穀的身後，來到兩座石像下方。

當我們走近時，這才看清楚，兩座石像的雕刻工藝非常精湛，只是姿勢確實很怪異。那個女性的石像半蹲在地上，她的一隻手臂捂在膝蓋上，似乎膝蓋中了箭一般。男性石像也是微微弓腰，手臂向她的膝蓋伸過去，似乎想查看她的傷勢。

「哥哥，這兩個石像的樣子好奇怪啊，那個女的是不是受傷了？」冷瞳拉著我的手，有些好奇地問道。

「應該是吧。」我點頭笑道。

「我看不是，你看吳教授，都快瘋了呢。」玄陰子一邊抽著菸，一邊慢悠悠地說。

吳農穀正站在女性石像腿邊，滿臉怪異地看著女性石像的手掌和膝蓋，似乎有什麼事情想不通。

「到底怎麼啦？」鬍子領著鬼猴二白跑了過來。

「不知道，教授好像發現什麼問題。」我指了指正在觀察石像的吳農穀。

去。

「這兩個石像確實有點問題。」泰岳領著李明香走過來，略有所思道。

「這就是石像，能有什麼問題？」鬍子不屑地說。

「咱們還是別在這兒爭了，上去問問吳教授吧。」我領著大家一起向石像走過去。

到了石像下面，大夥兒不覺都上去摸著石像，滿心好奇。

吳農穀滿臉不敢置信的神情，喃喃自語道：「奇了，真是奇了，太不可思議了，這兩個石像是活的！」

「什麼石像是活的？教授，你什麼意思？」我問道。

「他的意思，就是這兩座石像也是生命。」泰岳笑道。

「你不要打岔，教授你說，到底是怎麼回事？有沒有危險？」我皺眉問道。

「危險倒是沒有的，只是這個事情太不可思議了。」吳農穀熱切地拉了我過去，指著女性石像的膝蓋，說道：「你有沒有看到那個地方，那個膝蓋上面的小坑，看到了嗎？」

「是有個小坑，痕跡好像還很新，這是怎麼回事？不會是你鑿的吧？但是這小坑遮擋在手掌下面，是怎麼鑿出來的呢？」我好奇地問道。

「正是我鑿的，那是七年前，我路過這裏，從這個石像的膝蓋上鑿了一些碎石下來，要帶回去做碳十四化驗的。現在我包裏還有一些樣品呢。」吳農穀緊緊皺著眉頭，深吸了一口氣，抬眼看看四周，又看了看石像，才說道：「在七年前，這個石像確實是站立的，當時它們絕對不是這個姿勢。」

「啥？你的意思是說這石像會動嘍？」鬍子詫異地湊了過來。

大家都圍了過來，開始詢問究竟。

「你們不要懷疑我，我說的都是真的。」吳農穀有些無奈地說。

「我倒是沒有懷疑你，大千世界，無奇不有。這石像說不定就是活的，只是我們無法理解它的生命狀態罷了。」泰岳說道。

「扯淡！石像是活的？那這些沙子是不是也是活的？」鬍子不服氣地說。

泰岳只是淡淡一笑，沒有再說話。

「泰岳說得很有道理。」吳農穀說道。

「有什麼道理？教授，你說說吧，這石像是成精了？再說，它現在怎麼就不動了呢？」鬍子說道。

「我給你們看個東西。」吳農穀掏出一個皮夾，在裏面翻找了一會兒，拿出一張照片，遞給鬍子道：「你看看吧，這是七年前我拍的。」

鬍子接過照片一看，愣在當場，眼睛眨巴了幾下，怔怔地看了看大家，把照片翻過來面向大家，滿心驚愕地說：「這，這石像，好像真的動過。」

我們湊上前一起看著照片，然後面面相覷。

「我也不知道是怎麼回事，所以才覺得不可思議。」吳農穀收回照片，向車子走去。

「這可不得了哇，我們一路上還沒見過精怪呢，現在算是碰上了。」鬍子兀自驚奇道。

「你們讓一下，我再拍幾張照片，這是一個重大發現。」吳農穀拿著相機，再次出現在我們面前。

我們都散了開去，卻各自心裏打著嘀咕。

「咯嚓，咯嚓——」吳農穀收起相機，對我們招了招手，讓我們繼續出發。

「這就走了啊？」鬍子有些不甘心地問。

「不走還能做什麼呢？這可不是一時半會兒就能解決的。要研究的話，估計得花很長時間，我這次回去之後，就組織一個研究小組，過來專門研究這對石像。」吳農穀瞇眼看了看石像，這才進了車子。

大家也都上了車子，繼續前進。

「哥哥，那石像真的是活的吧？」冷瞳還是有些疑惑地問我。

「這個我也不知道。」我有些尷尬地說。

「笨蛋，這個事情有什麼不知道的？真是沒悟性。」玄陰子不屑地說了我一句。

「你知道？那你說說是怎麼回事吧。」我忍不住說道。

「嘿嘿，那我就獻醜了。」玄陰子得意地說，「事情應該是這樣的。石像確實是活的，但是，它們的生命形態是我們無法理解的。它們也會疼，膝蓋上那個小坑就是它們被挖疼了，然後伸手去護住傷口。這個事情是一目了然的嘛。」

「你說得也對。」我皺眉沉思道，「也就是說，那對石像以一種我們無法理解的狀態活著，它們的時空概念和我們不一樣。我們覺得一萬年時間非常漫長，但是對於它們來說卻是很短，它們的動作對於我們來說非常緩慢，用了七年的時間還沒能把手掌摸到膝蓋上。它們的生命非常接近原始物質狀態，對嗎？」

「對，我也是這樣想的。」吳農穀不覺說道。

「那你們有沒有想過，那兩個石像是沒有神經系統的，它們是無法感知身體上的傷痛的，那它們又是怎麼知道自己腿上被人挖掉了一塊的呢？我覺得，它們一開始絕對不是活的，現在之所以呈現出這種未知的生命狀態，說不定是因為什麼特殊原因。」我深思道。

玄陰子若有所思，低聲問道：「那你覺得，有沒有什麼問題？對我們會不會有什麼影響？」

「這個我也不知道，現在只能走一步看一步了，」我心情有些沉重。

「哥哥，你們在討論什麼？怎麼我聽不懂你們的話？」冷瞳大睜著眼睛看我們，有些疑惑地問道。

「沒什麼，你放心吧，一點小事情而已。」我微微一笑，伸手握了握她的手，問道：「怎麼樣，這裏有些乾燥吧？你是不是不太適應？如果不舒服的話，你就多喝點水。」

「沒有啊，我覺得還可以啊，就是風景單調一點而已，但是比起我原來住的地方，還是好多了，至少這裏有陽光。」冷瞳笑道。

我不禁心裏一動，感到一陣憐惜，拉過她的手，輕捏了幾下，低聲道：「你放心吧，哥哥會一直好好照顧你的。」

「嗯，哥哥，你真好。」小丫頭開心地說。

「方曉，要小心了，快要進死亡禁區了，這裏流沙很多。」吳農穀有些擔憂的聲音提醒道。

「放心吧，我會小心的，你注意看路。」我專心致志地開著車，同時仔細觀察著前方沙地。

這時，我發現四周的環境發生了變化。變化不是很明顯，只是一種感覺。這裏的沙子並不是隨風移動的，而是比較緊實，不容易被吹動，很少被移動過。

這個沙丘看起來就好像雞皮一般，表面明顯發黑，上面佈滿了一道道細小而扭曲的印痕。沙丘上是根根散落的白骨，有人類骨骼，也有不知名的野獸骨骼，還堆積了許多零落的雜草和乾枯荊棘，中間纏滿了黑色毛髮，還稀落地生長著一些低矮醜陋的荊棘灌木。

所謂的雞皮荊棘層，原來就是指這種怪異的沙丘。這裏似乎從來都沒有風，而且好像還下過雨。按道理來說，這裏原本應該是一片綠洲才對，但是不知道為什麼，這裏卻還是非常乾旱，並沒有積水。

仔細一想，我也就明白了。這裏的沙丘表面看似硬實，內裏卻極為疏鬆，即便有少量降雨，也要向下滲透，所以很難形成積水。可以想像，這些沙丘下面因為有雨水的滲透，肯定已經是千瘡百孔，陷坑極多。

我剛開了百米左右，一片白骨赫然出現在一個沙丘後面。車子突然一震，後輪一空，整個車子向側而翻了過去。這時，我正沿著一座沙丘的半腰向前行駛，車子本身就是傾斜的，現在又陷到沙坑裏，因此，整個車子不可避免地失去了平衡。

我們還沒有反應過來，就已經跟著車子翻騰起來。本以為車子可能會沿著傾斜的沙丘一路滾到底部，卻不想車子側立起來後，就停下不動了。

我連忙熄滅了引擎，因為，如果車輪繼續轉動，帶動流沙向下坍塌的話，那麼我們就要真的連人帶車葬身沙海了。

# 第一〇六章

# 危機再現

在這些流動的沙子下面，有些東西正在不停蠕動。
全身長滿黑色刺毛、個頭足有拳頭那麼大、
黑黃相間如同馬蜂一般的蟲子，猛然飛了起來！
「快閃開！這是長毛蜘蛛鷹，咬一口都要疼死的！」
吳教授對我們大喊起來。

「方曉，你們怎麼樣了？」

沒多久，泰岳的聲音就從外面傳來。

「還不算太糟，你們趕緊準備牽引繩，把車子拖出去。」我打開了側面的車窗，對泰岳大喊道。

「好的，你們堅持一下，不要亂動。我們馬上把車子拖出來。」泰岳這才放下心來，和鬍子一起扛了繩子過來，走到沙坑邊上，小心翼翼地把繩子繫到我們車子的前面。

他們小心地開著車子，掛上牽引繩，把我們的車子往前拖去。

「嘎吱——」牽引繩發出一陣磨牙般的聲響。

「撲通——」車子向前滑行了不到一米，在沙堆上拱起了一大堆沙子時，車尾卻突然脫力，猛地向下傾墜下去。

「啊——」我們不禁驚呼起來，以為這一次要掉下去了。

慶幸的是，牽引的力量很大，我們的車子只是向後墜了一點兒，就又被緩緩地拉出沙坑，最後側立在一堆沙土上。

由於車子很重，雖然脫離了陷坑，車身卻依舊有大半陷在沙土中。好在這裏的沙基已經比較緊實了，車子不會再往下陷了，我們這才放下心來。

泰岳停下車，跑到我們的車子旁邊，讓我們先出來。

「等一下，我把牽引繩掛到側板上，再拖一下，就可以讓輪子都落到地上了。」泰岳說著，將牽引繩掛牽好，又跑去開車。

「好了，沒事了，大家休息一下吧，喝點水。」我們幾個人走到一邊，看著泰岳忙活。

「你們還真是好運氣，就這麼一個沙坑，就讓你們給踩上了。」鬍子說笑道。

「滾，我是犧牲自己給你們探路，你還這麼多廢話！」

「那個沙坑下面，說不定有什麼寶貝呢！」鬍子說著，走到沙坑旁邊，伸頭向裏看了一眼。他忽然臉色凝重起來，手拼命地向我招著，似乎發現了什麼重大情況。

「這味道好臭啊。」冷瞳皺起了眉頭。

我也發現了異常，此時空氣中飄蕩著一股刺鼻的臭味，臭味的來源正是剛才陷進去的沙坑。

「快，你們快來看，這是什麼？」鬍子總算能說出話來了。

我快步走過去，冷瞳等人也一起跟上來，我們一齊伸頭向著沙坑裏看去。一看之下，我們不禁都驚得全身暴起一層雞皮疙瘩。

沙坑裏果然有東西，而且有很多東西，卻不是寶貝，而是蟲子，非常巨大的蟲子！

沙坑出現了一個直徑約一米的黑色洞口，洞口四周還有很多沙子向下流去。在這些流動的沙子下面，有些東西正在不停蠕動。全身長滿黑色刺毛、個頭足有拳頭那麼大、黑黃相間如同馬蜂一般的蟲子，「咯咯咯」地發出一陣鐵棍敲打頭蓋骨的聲響，背上的透明翅膀急速扇動，猛然飛了起來！

「快閃開！這是長毛蜘蛛鷹，咬一口都要疼死的！」吳教授已經脫下了外套，將頭部蒙住，對我們大喊起來：「把頭臉蒙住，不要露出皮膚，這種東西很多，快回到車上！」

他轉身向鬍子的車子跑去。

我們大驚失色，連忙一起跟著他跑開。這時，沙坑裏已經發生了巨變。

「叱嗒嗒——」

「簌簌簌——」

隨著一陣駭人的骨節敲打聲，一隻隻拳頭大的長毛蜘蛛鷹如同襲擊敵軍陣地的戰鬥機群一般升空了。

我們根本不敢回頭，更不敢停留，狂奔著衝進越野車，關門搖窗。

「嗚嗚嗚——」蟲翅振動聲傳來，漫天的黑色雲團襲來。

「吳教授，正常的馬蜂怎麼可能這麼大呢？這裏是不是受過核輻射，這些東西產生了變異？」我們縮身在越野車裏，看著車窗外那些漫天飛舞的巨大昆蟲。

「這些並不是基因變異的馬蜂，牠們就是正常的馬蜂，牠們叫長腳蜘蛛鷹，是這片沙漠的特有品種。」吳農穀解釋道，「牠們平時很少出來，只有在食物相對豐富的情況下，牠們才會集體出動。牠們的食物主要是沙漠蜘蛛。在緊急情況下，像今天這種巢穴被襲擊和破壞的情況下，牠們就不只吃蜘蛛了，只要是活物，牠們都會攻擊。」

「這麼凶殘？牠們到底是鳥還是昆蟲？你不是說鷹嗎？」鬍子好奇地問道。

「蜘蛛鷹只是牠們的名字，牠們不是鳥類，是蜂類，是世界上現存的蜂類之中個頭最大的。成年雌蜂可以長到二十釐米，體重可以達到一斤。你們看到牠們身上那些又黑又長的剛毛了嗎？這就是牠們最厲害的地方，這些剛毛像尖刺一樣，可以輕易扎進人的皮肉，毒性不比豪豬刺差。」吳農穀點了一根菸，抽了一口，瞇眼道：「不過，咱們現在不用害怕，牠們鑽不透玻璃車窗。」

突然，一聲尖叫從側面傳來。我們向外面一看，都是心裏一沉。出大事了！

泰岳剛才由於正在幫我們拖車，沒有和我們在一起，他可能沒有聽清楚吳農穀的警告，現在，他和李明香居然走出了車子，暴露在那些長腳蜘蛛鷹的攻擊之下。李明香此時似乎被叮咬了一口，痛苦地叫出了聲。

沙丘半腰處，那口沙坑之中，此時就像有一股黑色煙柱向外冒著。這個煙柱全部是由那些凶猛的長毛蜘蛛鷹組成的。

李明香，這個剛剛從死亡的黑暗世界回到人間的女人，一直很安靜地跟在泰岳身邊。她的年紀可能超過我們所有人的年齡總和，可是現在她的皮肉卻比我們嬌嫩得多。

她滾倒在地，雙手捂著臉，發出慘叫。我的心一下提到了嗓子眼，這個我費了那麼大勁才救回來的女人，馬上又要面臨死亡了。

我下意識地一把推開車門，就像一個藝術家想去保護自己創作的藝術品，瘋狂地向李明香衝去。

「呼呼呼——」我剛衝出車子，就感到一團毛茸茸的東西帶著風聲從耳邊飛過，落到了我的後腦勺上，在後脖頸上咬了一口。

登時，我全身所有神經都抽搐了，劇痛猛烈傳來，我一下子跳了起來，然後就抱著後脖頸滾倒在地，撕心裂肺地號叫起來。

「啊——啊——啊——」

我來回翻滾了好幾秒鐘，才熬過那陣疼痛勁頭，然後一把抽出陰魂尺，猛地爆發出一片清湛湛的陰尺氣場，將那些長毛大馬蜂都震飛開去。

我深吸了一口氣，艱難地從地上爬起來，向身後一看，發現其他人並沒有跟著我跑出來，這才鬆了一口氣。我又向李明香那邊看去，只見泰岳已經扯著一大塊帆布，將李明香包裹起來，扛著她向車子飛奔而去。

我清楚地看到，數個長毛蜘蛛鷹在泰岳的手腕和臉上叮咬了好幾下。讓我敬佩的是，泰岳竟然只是悶哼一聲，還能堅持向前跑。我可是被咬得滿地亂滾、又喊又叫的，眼淚都快流出來了。到底是什麼樣的人，竟然可以生生忍住這樣的劇痛？難道他真的不是人類嗎？

「喂，方曉，你快回來吧！」後面的越野車子裏傳來吳農穀的喊聲。

我扭頭對他搖了搖頭道：「你們等等，我去看看他們的情況，那些鬼東西不能把我怎麼樣。」

我走到泰岳的車前，敲了敲車窗。而泰岳正在緊張地查看李明香的情況，似乎沒有聽到。

我沒有再打擾他，反正我待在外面也沒有問題，所以，我就放鬆下來，趴在車窗上看著他們。

泰岳剛開始背對著我，擋住了李明香的臉，當他挪了一下身體，我看清李明香的臉時，赫然發現她整張臉都腫了起來，簡直像發麵的饅頭一樣。

更令我震驚的是，我看到泰岳在流淚。從泰岳眼睛裏流出來的淚水，居然是血紅色的。那些紅色的淚水如同小蟲子一般，在泰岳的臉上蠕動著向下滑，顯得猙獰和噁心，我幾乎覺得他像是詐屍狀態了。

「泰岳，你——」我失聲地叫了出來。

「啊！」突然一聲野獸般的怒吼傳了出來，車門猛地朝我臉上撞了過來，把我滿頭滿臉地砸飛了出去。

我還沒能罵出聲來，就感覺到整張臉都麻木了，我向後倒飛出去，跌到沙地裏，好半天都沒能緩過氣來。

「啊！」又一聲撕心裂肺的怒吼聲傳來，我努力看過去，赫然看到泰岳雙手攥拳衝出車子，然後雙手朝天一舉，猛地一弓腰，一股氤氳黑氣就從他背上飛躍出來，瞬間就瀰漫在車子附近，如同黑雲一般遮擋住毒辣的日光，也將空中飛躍的長腳蜘蛛鷹都籠罩了起來。

「簌簌簌——」一陣落雨般的聲音傳來，不到兩秒鐘，那片如同大鵬展翅般的黑色煙雲又收了回去。泰岳一言不發地轉身又進了車子。

我再看向四周時，赫然看到所有長腳蜘蛛鷹都像烤焦的螞蚱一般跌落在地了。只是一招，兩秒鐘不到，那麼多巨大的長毛大馬蜂，全都死了！泰岳，他不是戰神，他簡直就是死神！

我的陰魂尺殺人無敵，但是跟他比起來，真是小巫見大巫，差太遠了，我今天算是徹底服了泰岳了。

泰岳太神秘了，他百毒不侵，他不怕鬼怪，他實力強悍，體內還寄居著一個魔鬼一般的凶神。他看似冷血木訥，但是為了他的女人，他絕對會插兄弟兩刀。他不是一個仗義的傢伙，但是，在明知道事情很危險的情況下，他多次陪我出生入死，救我於危難之中。

我真的不知道該怎樣評價泰岳，當然，在他們的心裏，對我也是一樣無法評價吧。我也自私過，也冷酷過，也曾經想要背叛他們。

今天，泰岳真的是被激怒了。這個世界上，如果還有什麼可以打動泰岳，還有什麼可以激怒泰岳，就只有李明香了。

我無法理解泰岳和她之間的愛有多深，即便像我和冷瞳這樣一起從地獄裏逃出來，我們之間的感情也無法和他們的相提並論。

泰岳轉身回到車裏時，我看到他臉上帶著血絲，那是他的淚水，已經乾了。他抬手用袖子輕輕一掃，就把那些血絲都擦掉了。

我被那扇車門砸撞得不輕，牙齒都快掉下來了，鼻子也流血了。我被砸懵了，這傢伙是直接一腳把車門踹飛出來的。

我緩過勁來之後，一翻身從地上跳起來，滿臉怒氣地向泰岳的車子走過去，準備好好給他來一下子。當我來到沒有車門的車子邊上時，卻看到了泰岳滿是哀求神情的臉。

「幫我救救她。」這個剛毅如鐵的男人，懷裏抱著他心愛的女人，正在求我，他似乎完全沒有注意到，他剛才怎麼誤傷了我。

「你他媽的。」我拿著尺，咬牙指著他，憋了大半天，心一軟，說道：「還愣著做什麼，快點去叫吳教授過來，我先看看她的情況，你什麼都不懂，就這麼一直抱著她有用嗎？」

我有些生悶氣地一把將他從車子裏抓出來，推搡出去，然後自己坐進去，仔細檢查李明香的情況。我這才發現，李明香不光是臉上被咬了一口，身上也被叮咬了好幾處。

我連忙給她把了脈，發現她只是昏迷了過去，但是氣息微弱，可能有生命危險，畢竟她不像我和泰岳那樣可以對抗劇毒。

幸好吳農穀是沙漠專家，他知道解毒的辦法，用清水洗滌傷口後塗上蜂蜜，再服用一些解毒藥，就可以緩解一下傷勢了。而且，他說不會毀容。我們這才放下心來，一起幫忙處理傷口。

就在我們正忙活的時候，一群體大毛長的凶惡野狼，循著我們的氣息，從另外一個沙丘的後面緩緩攀了上來，向我們圍攏過來。

「好大的狗狗啊，不對，好像是狼。哥哥，你快看，好多野狼！」冷瞳第一時間看到了那群野狼，開心地拍起了手。

我看著那些野狼，眉頭都擰到了一塊兒。真是屋漏偏逢連夜雨，禍不單行，這些野狼來得真不是時候。

「咯咯咯——噠噠噠——」我們的背後再次傳來了一陣昆蟲拍擊翅膀的聲響。

我們回頭一看，就在剛才那些長腳蜘蛛鷹爬出來的沙坑邊上，此時赫然趴著一隻足有一條野狼那麼大的渾身金毛閃亮的長毛蜘蛛鷹！

「都不要出聲，不要亂動！」吳農穀有非常豐富的沙漠生存經驗，他對沙漠中的生物習性非常瞭解。

前有沙漠餓狼群，後有體積增大數十倍的巨大金毛大馬蜂，我們已經緊張得不會動了。

「大家慢慢轉身，各自上車，動作要輕，都按照我說的做！」吳農穀陰沉的目光從鏡片後面射出來，死死地盯著不遠處那群餓狼，他微微張開雙臂，向側面移動過去，他的動作幅度很小，身體很平穩。

我們立刻有樣學樣，跟著他一起慢慢向車子蹭過去。

「泰岳，你的車門壞了，趕緊找東西擋起來，實在不行就和我們換車，我來開你的車。」我拉著冷瞳，對泰岳說道。

「不用。」泰岳頭都沒有抬，只是心疼地看著昏迷不醒的李明香，「咕咚」一聲，將車門拉上了。

遠處「吼吼」幾聲狼嚎聲響起，那些一直逡巡著的餓狼終於忍耐不住了，一起發力向我們衝了過來。

「快，快跑！」吳農穀大驚失色，轉身瘋也似的向車子奔去。

我和鬍子對望一眼，嘴角勾起一抹冷笑。說實在的，我們並沒有把這群乾瘦的餓狼放在眼裏。

「你們先回車子裏去，這裏交給我和鬍子。」我把陰魂尺捏在手裏，將玄陰子和冷瞳護到身後。

「嘿，那你小心點啊。」玄陰子微微一笑，向車子走去，把冷瞳領了過去。

「哥哥，你要小心啊！牠們的樣子好凶啊！」冷瞳一邊走一邊滿心擔憂地對我喊道。

「放心吧！」我側臉對她微微一笑。

「別他媽的分心了，來了！」狼群已經奔襲到離我們不到五米，鬍子大吼一聲，掄起工兵鏟猛衝出去，只一鏟就將一頭凶猛的大灰狼砍飛出去。

「嗚哇——嘎嘎——」跟在鬍子身邊的鬼猴二白咧嘴齜出了鋒利的犬齒，全身毛髮直豎，凶戾地向狼群衝去，瞬間就撲倒了一頭灰狼，在地上扭打起來。

我也冷喝一聲，陰魂尺一指，揉身衝入狼群之中。不過數秒鐘時間，原本還一片安靜的沙漠，已經是沙塵飛舞、狼嚎陣陣了。

鬍子最喜歡幹的事情就是打架，現在面對這群餓狼，他打得十分過癮。而鬼猴二白已經是戾氣逼人、凶猛異常，那些餓狼根本就不是牠的對手，所以，牠也是如魚得水，在狼群裏上躥下跳，打得不亦樂乎。

我的陰魂尺就更不是吃素的了。所以，戰鬥的結果也就沒有懸念了。

戰鬥只進行了幾分鐘，那群餓狼就全部被我們撂倒了。

取得勝利的我們滿心得意，拍打著身上的沙塵，正準備返回車子裏，身後突然傳來一陣「嗡嗡——」的聲音。

我心中一凜，立刻想起了剛才趴在沙坑邊上的巨型長毛蜘蛛鷹。

當我轉過身來，正看到一道金光撲面飛來，快若閃電。我下意識地抬起陰魂尺向前捅去，那道金光卻非常刁鑽地繞過了我的陰魂尺，瞬間到了我的背後，緊接著，我就感到後心似乎被匕首猛地捅了一下，我瞬間閉氣，全身都在那股鑽心挖肺的劇痛之下僵硬了。

我只是輕咳了一聲，就全身一軟，「撲通」一聲趴倒在沙地上。

「啊——」我抽搐哆嗦了幾下之後，這才緩過氣來，咬牙發出了慘叫。啊，簡直疼到爆了，我全身的神經像被擰緊了一般，疼得無以復加，汗水瞬間濕透了衣衫。

「鬍子——」我有氣無力地趴在地上，臉貼著滾燙的沙地，向鬍子望了過去，卻看到那隻巨型長毛蜘蛛鷹已經掠過了鬍子的胸口，也將鬍子放倒在地了。

「撲——撲——」鬍子的情況比我還糟，他兩眼翻白，口吐白沫，全身抽搐著。

「鬍子！」我咬牙低叫一聲，想向他爬去，這才發現我全身都麻木了，根本就動不了。

我急得滿頭大汗，我知道，巨型長毛蜘蛛鷹肯定不會只咬我們一下就完事的，牠將我們螯咬倒地之後，肯定還要慢慢享用我們的肉汁。如果現在沒有人能夠來解救我們，過不了多久，那道金光就會又落到我們身上，開始牠的饕餮大餐。

可是，現在又有誰可以來救我們呢？玄陰子、冷瞳和吳農穀肯定是不可能的，他們現在就算出來，也肯定是送死。

現在唯一能指望的人，就是泰岳了。可是他現在又躲在車子裏陪著李明香，可沒有心思來操心我們。

「泰岳！」我使出了全身力氣，大喊了一聲。

「嘎嘎嘎——」二白的叫聲傳來，我側頭一看，二白居然正在與巨型長毛蜘蛛鷹周旋著。

長毛蜘蛛鷹行動如此迅速，連我和鬍子都被一招秒殺了，鬼猴二白卻能躲過牠的致命一擊，這可真是有點奇了。

我再仔細一看，這才發現，此時二白全身的毛髮居然變成暗紅色的了，牠的白色眉毛也微微有些發紅！我心中一驚，隨即一陣狂喜，知道二白的真正力量終於要展現出來了。

《青燈鬼話》上記載：「古有白眉鬼猴，戾氣異常，歷經千百年，可化為厲鬼之態，世稱赤鬣鬼。」二白在這個緊要關頭爆發出了潛能，要進化成赤鬣鬼了！

這是我絕沒有想到的。二白的年齡只有幾歲，牠怎麼可能進化到赤鬣鬼呢？但是，牠此刻就是機緣巧合，奇蹟般地進化了。

成為赤鬣鬼之後，二白的力量和速度瞬間提升了十幾倍，身影快如風，如果不是牠偶爾停下來調戲那隻巨型長毛蜘蛛鷹，我都看不清楚牠的模樣了。

「二白，殺了牠！」緩過氣來之後，鬍子也恢復了知覺，對二白發出了命令。

二白一邊飛奔一邊向我們這邊望了望，臉上竟然是很無奈的神情，意思似乎是說，巨型長毛蜘蛛鷹實在是太厲害了，牠也不敢惹。

我不覺嘆了一口氣，強撐起身體，深吸了幾口氣，想儘快恢復行動能力。可是，我掙扎了半天，身體依舊是一點知覺都沒有，腦子卻開始變得昏沉，昏昏欲睡。

我心裏明白，巨型長毛蜘蛛鷹注入我體內的毒液已經開始發作了。雖說我有很強的抗毒能力，但是長毛蜘蛛鷹的毒性太強了，我和鬍子都撐不住了。

這時，越野車的車門打開了，一個柔弱的身影向我跑了過來。冷曈在車子裏待不住了。

正在追逐二白的長毛蜘蛛鷹發現了新目標，於是「呼」一下向她衝了過去。

「小心！」我趴在地上，急得全身都繃緊了。

「啊——」我的聲音還沒有落下，巨型長毛蜘蛛鷹已經飛臨到冷瞳身側，向她身上落下去。

冷瞳還沒有被咬到，就已經驚得尖叫一聲。我不禁心裏一沉，冷瞳雖然體質特異，卻不能抗毒，她如果被巨型長毛蜘蛛鷹叮咬，就不可能生還了。

「該死！」我牙齒咬得咯咯響，不忍去看那悲慘的情景。

在這千鈞一髮的時刻，一道火紅身影從冷瞳身側飛撲出來。二白繞到了冷瞳身後，兩隻利爪猛地飛砸到巨型長毛蜘蛛鷹的腰上。

「撲」一聲悶響，巨型長毛蜘蛛鷹被二白一擊之後，翻身跌落，滾了幾下才再次振翅飛起來。

由於吃了一次虧，巨型長毛蜘蛛鷹不敢再向冷瞳和鬼猴二白進攻，改變了方向，向我飛過來。

「來得好，鬼東西！」我拼盡力氣，一把抓緊陰魂尺，一下咬破舌尖，一口鮮血噴到陰魂尺上，同時利用舌尖咬破之時的劇痛刺激恢復的一點知覺，猛地躍起，迎頭向巨型長毛蜘蛛鷹飛撲過去，尺如同長劍一般，猛地扎進牠的腦袋裏。

「嗡嗡嗡——」巨型長毛蜘蛛鷹被我一尺戳中，雙翅猛烈震動起來，佈滿黃黑條紋的屁股拼命向前彎曲著，想用尾端匕首一般的蜂刺扎我。

但是，我的尺在吸取牠的生命力，所以巨型長毛蜘蛛鷹掙扎了幾秒之後，就完全失去了活動能力，「啪嗒」一下跌到地上，再也沒有聲息了。

巨型長毛蜘蛛鷹終於死翹翹了，我這才長出了一口氣，身體歪倒在地上。

「哥哥——」我聽到了冷瞳的呼喚，她的小臉出現在我的面前。

「哥哥，你怎樣了？」冷瞳費力地把我扶坐起來，流著眼淚問道。

「沒事，我死不了，你放心吧。」我苦笑道。

「嗚嗚嗚，你嚇死我了。」冷瞳還是忍不住哭泣道。

「他們都沒事吧？」我有氣無力地問道。

「方曉，我們都沒事，你放心吧。我，我有個事情想和你商量一下。」吳農穀的聲音傳來，我抬頭一看，吳農穀和玄陰子一起走了過來。

「什麼事情，你說。」我有些疑惑地問道。

「呵呵，還能有啥事？他要走了。」玄陰子搶著笑嘻嘻地說。

這個沙漠如同潘朵拉魔盒，打開了它，不知道接下來還要遇到多少危險。我們還沉浸在劫後餘生的慶幸中，顯然這個時候有人比我們更加清醒警覺。

吳農穀不願意再陪我們繼續走下去了。不過，接下來，又有兩個人要離開我們，這就讓我有些心冷了。

泰岳要帶著李明香走了。當我聽到泰岳說出這個請求時，我沒有挽留。李明香受傷較重，急需專業護理，他不想讓李明香冒險，所以，他必須馬上把她送到醫院去。他的選擇是明智的，也是無奈的。

「這三輛車，我們就開走鬍子那輛車好了。」吳農穀略顯慚愧地說，「具體的行動路線，我已經在地圖上畫好了，你們可以參照上面的路線走。」

「教授，謝謝。你放心吧，你能把我們送到這裏，已經很不容易了。」我有些艱難地說，看了一下冷瞳和玄陰子，皺眉道：「你們不如也一起回去吧，前面太危險了。我和鬍子行動反而更利索些。」

「哎呵。」玄陰子冷笑一聲，瞇眼道：「小子，聽你這話的意思，好像我們都趕不上你，就你厲害，是不是？」玄陰子有些惱惱。

「不是這個意思。」我說道。

「既然不是，那就閉嘴吧。你看你那半死不活的樣子，還好意思說別人，我看啊，拖後腿的人就是你，你別以為我老人家沒用了，說句大言不慚的話，動起手來，你小子根本就不是我的對手。真是有眼不識泰山，臭小子！」玄陰子搶白了我幾句，回身看了看柔弱的冷瞳，有些猶豫地說：「小冷倒是不適合跟著我們。」

「我只跟著哥哥，我哪兒也不去。」冷瞳非常堅決地說，上來扶我站起來往車裏走，說道：「我可能比你們弱，但是，我不會給哥哥添麻煩，你們放心好了。我和哥哥絕不分開，死也要死在一起。」

「冷瞳。」我有些犯難地說，「現在不是意氣用事的時候，剛才的情況你也看到了，這片沙漠很詭異，再往前走還不知道會有什麼危險。讓你離開，是為了你好。」

「哥哥，你不要說了，我不會走的。」冷瞳很認真地說。

我也非常認真地看著她的眼眸，感觸到了一股意念，就沒有再勸她離開，點頭道：「好，好妹子，我們繼續前進吧！」

冷瞳點了點頭，把我扶進車裏。泰岳也已經把鬍子搬到了另一輛車上。

「等下我們還是開著我那輛車回去吧，那輛車的車門被我砸壞了，你們開著不安全。」泰岳將鬍子安置好，關上車門，招手和吳農穀往自己的車子走去。

## 第一〇七章

# 荒漠怪影

「嗚哇哇——」肉球怪發出了更大的慘叫聲，
全身劇烈顫抖著，開始挖陷沙地，向沙下鑽去。
我們抬頭一看，在車頂上，站著一個纖細的身影。
車頂上的身影飄動著一頭藍色長髮，如同風中的精靈。

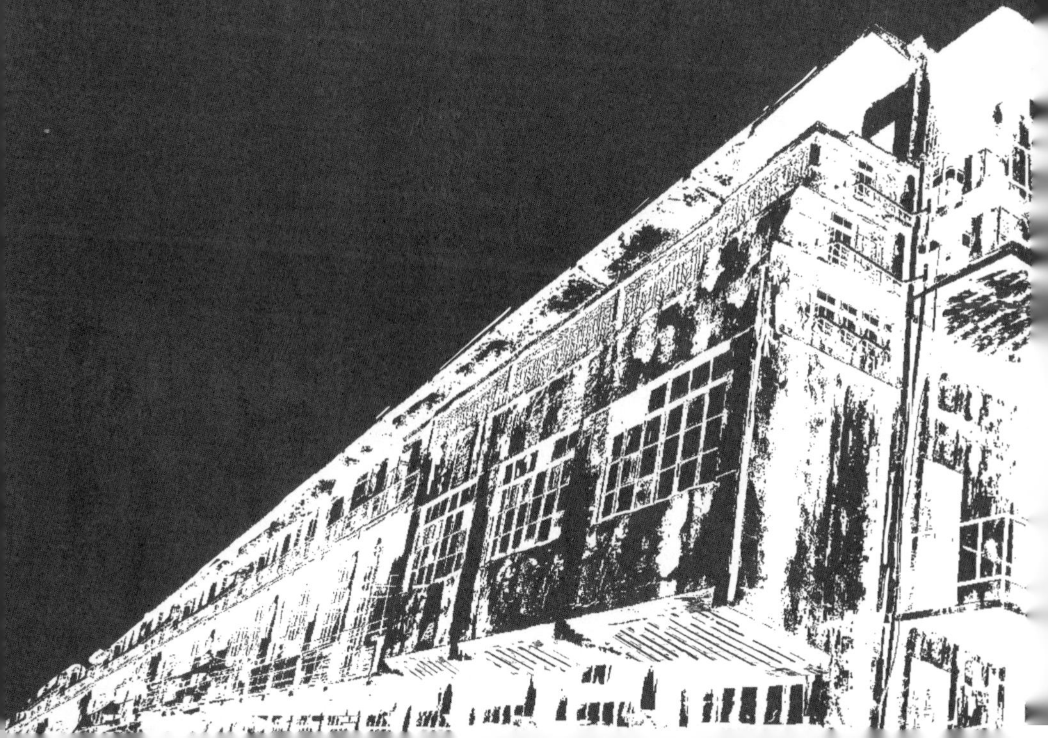

「車廂裏的東西，我分給你們一部分。」泰岳打開後備廂，把淡水和乾糧搬了出來，往我們的車裏塞。

看著泰岳的舉動，我們都沒有說話，玄陰子帶著猴子坐在鬍子的車裏。

泰岳忙完之後，才走到我的車窗外，皺著眉頭，有些猶豫地看著我，問道：「方曉，我想問你一個事情。」

「什麼事情，說吧。」我有氣無力地說道。

「你是不是覺得我這個時候回去，有點不講義氣？」泰岳問道。

「沒有，我很理解你的心情。」我淡笑道。

「以後總有一天，你會更加理解我的心情，以前你還沒有和我一樣的感情和想法，但是，我相信從現在開始，你會越來越明白我的想法。」泰岳大有深意地看了一眼坐在我旁邊的冷瞳，淡笑道：「冷瞳妹子，好好保重。」

「泰岳大哥，你放心吧，我會小心的，你和明香姐姐也要保重啊，我們回去再見。」冷瞳乖巧地說。

「嗯，你要好好照顧方曉。」泰岳對冷瞳說著，卻在看著我：「他不怕死，但是，他害怕你會死。你要知道，你只要照顧好自己，他就放心了。」

「好了，好兄弟，咱們有空再見吧，希望你這次能有收穫。」泰岳點了一根菸塞到我嘴裏，這才轉身和吳農穀一起坐進車子，掉頭離開了。

荒漠上立刻冷清了下來。我靠坐在椅背上，身體因為蜂毒的侵蝕感到陣陣劇痛，有些昏昏欲睡。

我知道，我需要好好睡一覺才能恢復力氣。但是我也知道，現在不是睡覺的時候，我們的車子周圍還遍佈著長毛蜘蛛鷹和野狼的屍體。在食物極度匱乏的沙漠裏，這些屍體很快會吸引大批饑餓的掠食者，現在已經有幾隻禿鷲開始圍繞著那些狼屍了。我們必須趕緊離開這塊是非之地。

可是，現在我和鬍子都沒有能力開車，而且鬍子早就睡著了，他可比我省心多了，現在只有玄陰子和冷瞳可以開車。

沙漠裏，到處都是路，只要懂得基本的駕駛技術，基本上就可以開車了，何況冷瞳靈性天成，開車這種事，簡直就是手到擒來。

就這樣，我們的車隊在天黑之前繼續趕路。我們不能再耽誤時間了，一旦天黑下來，只會更加麻煩。

為了安全起見，我們用非常結實的繩子將兩輛車連在了一起，這樣一來，如果其中一輛車子陷進沙坑裏，另外一輛車就可以拖出來，不至於陷入太深。

再次出發的時候，開始颳風了。風流過沙丘的時候，發出一陣陣「嗚嗚」聲。我和鬍子各自躺在副駕駛座位上休息。

這一覺我睡得很深沉，卻非常詭異。迷濛之中，感覺我的前方是一處無盡黑暗空虛的空間，如同無底深淵一樣，似乎要把我們吞噬。

我的夢境每一次都會向我提示一些事情，所以，這個夢讓我有些疑惑，也有些擔憂，總覺得前路之上充滿恐怖和危險。

不過，睡覺的時候，我的身體得到了休息，精力恢復了，體內的毒性也基本消解了。我醒過來的時候，發現天已經完全黑了，外面似乎起了沙暴。

我蜷縮在座椅裏，一邊打哈欠，一邊揉眼睛，看著車燈在蒼茫的沙地上投下一片昏黃的光線，問冷瞳道：

「幾點了，我睡了多久了？」

「大約四五個小時吧。」冷瞳很專注地開著車，沒有側頭看我。我發現她的臉色有些凝重，似乎遇到了什麼事情。

「怎麼了？」我一邊點菸，一邊有些疑惑地問道。

「有些情況。」冷瞳看了看窗外，低聲道：「爺爺他們也發現了。」

「哦？」我不覺有些好奇地坐直身體，拿起對講機，對玄陰子問道：「有什麼情況嗎？」

「嘿嘿，你自己等著看吧，剛才我們只看到一些影子，具體情況現在還不太清楚。不過，這段路程肯定不太平，我剛和小冷說了，咱們一鼓作氣，從這個地頭開出去。」

「鬍子死了沒？」我問道。

「滾你奶奶的，你死了我還沒死呢！」對講機裏傳來鬍子的聲音，「老子早就醒了。」

「那好吧，你注意保護老爺子，別讓他被猛鬼拖走了。」我笑道，又想起了一個事情，連忙問道：「天都黑了，你們有沒有走對方向？」

「放心吧，有地圖和指北針，我們早就校對過了，方向沒錯的。」玄陰子說道。

「是啊，不會錯的。」玄陰子的話音剛落，對講機裏突然傳來一個尖細的聲音。

那似乎是一個女人的聲音，又好像是一個男人捏著嗓子裝出來的聲音，聽著怪駭人的。我和冷瞳不禁一愣，對望了一眼。

「肯定是鬍子在搞鬼，這混蛋！」我笑了一下，按下通話鍵，說道：「鬍子，你這個混蛋，大半夜的，別他娘的沒正經，裝鬼嚇人，小心我把你扔到沙漠裏餵狼。」

「你他娘的別瞎放屁，剛才明明是你在搞鬼，怎麼反過來說我？」對講機裏立刻傳來鬍子憤怒的聲音。

「怎麼可能？」我連忙爭辯道，「明明是你——」

冷瞳對我「噓」了一聲，伸手關掉對講機，用眼神示意了一下窗外。

我好奇地向車窗外一看，赫然看到，在我們的車門外站著一個人。我趴到車窗玻璃上仔細看，那是一個長髮披散的女人。

那個女人離車窗大約四五米遠，身影正好落在玄陰子的車燈光線之外。她在黑暗中靜靜地看著我，似乎想和我說什麼話。

「停車，快停車，外面那個女人——」我們的車一直向前行駛著，外面那個女人卻跟著車子一起前進，保持著同樣的距離。

猛然想到這個事情，我心裏一沉，意識到情況不妙，連忙回身坐直，疑問地看向冷瞳，發現冷瞳沒事人一樣開著車子，說道：「她已經跟著我們很長時間了。」

「看來這兒確實不太平，咱們現在到哪兒了？」我掏出地圖正要看，卻只聽「咕咚」一聲震響，似乎有個巨大的東西從天而降，砸到了我們的車頂上！

冷瞳猛然急剎車，車子在沙地上打了一個轉才停下來，我差點兒被甩到車門上。

我驚魂甫定地看向冷瞳，她也是滿臉疑惑。

「大同，小心了，你們車頂上有東西！」鬍子的車子緊跟在我們的車後面，他們的車頂光照著我們的車子，所以看得很清楚。

我愣了一下，一把抓住冷瞳的手，拉著她矮身縮到座位下面，低聲道：「不要出聲，不要動。」

「咯啦啦——」我們縮身下來沒幾秒鐘，車頂蓋傳來一陣鐵齒摩擦的聲響，接著又是「咕咚！咕咚！」兩聲震響，一個巨大的黑影從車頂上飛跳下來，落到車子前方。

借著車燈昏黃的光線，我這才看清，那居然是一隻磨盤大小、全身黑鐵般閃亮的蠍子！

「咯嗒嗒——」大蠍子敲打著鋸齒一般的口器，搖晃著黑色長尾毒鉤，在我們的車子前方的沙地上轉圈爬動著，似乎在尋找獵物。

「砰！」一道火線劃破夜空，直奔蠍子而去，一下子穿透大蠍子的黑色硬殼，打斷了牠的一條腿。

大蠍子中槍後立刻負痛竄逃，很快隱沒在蒼茫大漠之中。

「他娘的，這都是什麼怪東西？」鬍子扛著獵槍，帶著二白來到我們車外。原來，剛才發現我們車子上有東西之後，他們跟著停了車，鬍子抄起獵槍悄悄趕過來，給大蠍子來了一槍，這才化解了一場危機。

「你們沒事吧？」鬍子拉開車門問道。

「沒事，其實剛才你不過來，我也可以搞定牠。」我有些逞強地說。

「放心吧，你有的是機會，這一路上還不知道會遇到多少怪事呢。」鬍子嘿嘿一笑，揮了揮手，轉身回去。

我們又前行了十幾公里之後，終於到達了一片地表比較硬實的戈壁灘。我們又累又渴，於是找了一個避風的地方，將車子並排停下，下車在沙地上點起一堆火，簡單地吃了些東西，然後回到車上休息。

沒多久，再次起了大風，風沙劈里啪啦地刮著車玻璃，風裏還夾雜著一陣陣鬼怪怒號聲。

我裹著大衣，將冷瞳半摟在臂彎裏。將睡未睡的當口，一陣嬰兒哭聲隱隱約約地傳進耳中。

剛開始聽到時，我還以為是沙漠裏獨特的風聲，但是，那哭聲越來越清晰，我和冷瞳不覺都驚醒了，面面相覷，然後向車窗外望去。

此時車燈都已經滅了，車內外都黑壓壓一片，什麼都看不到。我們只能看到遠處深灰色的天空下，有起起伏伏的沙丘輪廓。

「哥哥，這是什麼聲音？」冷瞳有些擔憂地低聲問道。

「應該是嬰兒的哭聲，可是，這大漠深處怎麼可能有嬰兒呢？何況現在還有這麼大的風沙，這個事情很怪，我們不能被它迷惑了。」我低聲說道，拿起對講機，按下對話鍵，對講機裏發出一陣「沙沙」的聲響。

「別按了，我聽到了，小孩的哭聲。」鬍子似笑非笑地說，「老爺子說了，不用管它，都是迷惑人的把戲。」

「要是真的有小孩，怎麼說？」我疑慮地問道。

「屁，就算真有小孩，和你有關係嗎？都這個時候了，你還想著當英雄啊？」鬍子對我的話很是不屑。

「好吧，還有兩三個小時天就亮了，我們休息一下吧。」我放下了對講機。

沒想到，車窗外突然出現了一點亮光。我和冷瞳都是一愣，連忙趴在車窗上往外看去。

看了半天，才確認那亮光是從距離我們大約兩三公里的地方發出來的，而光亮所在的地方，正是嬰兒的哭聲傳來的方向。

那點亮光微微地晃動，忽明忽暗，似乎是有人正在打著手電筒，還不時用手遮擋一樣。而那閃爍的燈光，正是國際通用的求救信號「SOS」！

我不覺心裏一陣焦急，連忙對冷瞳說道：「確實是有情況，那燈光是求救信號，有人遇到危險了，我們得趕緊過去看看。」

冷瞳立刻啟動了車子。

「你們要做什麼？」我們的車燈驟然打開，鬍子自然發現了。

「那邊有燈光，是求救信號，我們要過去看看。」我拿起對講機喊道。

「你傻啊，那是敵人設下的陷阱，故意騙你們過去送死的！」鬍子不屑道。

「敵人，什麼敵人？」我有些好笑地問，「如果那裏真的有人正在等待救援，我們這麼拖延時間，把他給害死了，你就不會內疚嗎？」

「你小子就是個爛好人，跟你說了，這沙漠裏只有鬼，沒有人，你還不信。」

鬍子對我的話顯然不信服。

「好了，不管有沒有人，過去看一下不會死的，我們開車過去，應該不會有事的，你們就在這裏等著我們好了。」

冷瞳手一扭方向盤，腳一踩油門，車子已經打著彎，向那個求救信號駛過去。

車子開出幾十米之後，我通過後視鏡見到鬍子的車子也跟了上來，不覺有些好笑地問道：「不是讓你們在原地等著嗎？怎麼你們也跟上來了？」

「屁，你忘記車子是用繩子綁在一起的啦？你們往前開，我們能停下來嗎？」鬍子有些無奈地說。

「哈哈，好啦，你就不要嘴硬了，我知道你是擔心我，好兄弟嘛，沒什麼不好意思的。」我有些得意地說。

「知道還屁話多，你就會找麻煩，這大半夜的，我們好好睡一覺多好？就算那裏有人，他自己願意跑到沙漠深處來送死，和你又有什麼關係？」鬍子對我一陣數落。

「那是不是如果我們遇險了，你也希望別人像你一樣，對我們不管不顧？在這種地方，人和人之間更應該互相幫助才對。」我語重心長地鬍子說道。

「砰砰！」嗚嗚作響的風聲之中，突然傳來了清晰的槍聲。

我們看到就在車子的正前方，有兩道火光一閃而逝。我們都沉默了下來，意識到情況不妙，前面確實有人，而且還帶著武器，卻不知道是敵是友。

為了更清楚地看到那個求救信號燈，我們特地關掉了車燈，卻發現前方已經是一片黑暗，求救信號消失了，而且那隱隱約約的嬰兒哭聲也聽不到了。

四野只有風聲，情況極為詭異，我們一時間無所適從。

在原地停了一會兒，沒有再發現有動靜，我們等得有些心焦，最後還是鬍子忍不住了，大罵道：「他媽的，到底是什麼情況？大同，繼續前進，看個究竟再說。沒有遇上就算了，現在遇上了，不弄個清楚，心裏跟螞蟻爬似的。」

我們繼續翻過一座沙丘，猛然見到前面的沙地上有一片殷紅的血色，還有一堆碎骨亂肉。

冷曈連忙停車，驚駭地看著那片血肉淋漓的情景，怔怔地抓著我的手臂問道：「哥哥，這是什麼？」

「沒事的，別擔心，可能是那些探險者遇到狼群了，先前的槍聲很有可能是他們在打狼。」我推開車門，拉緊大衣的領口，讓冷曈待在車子裏別出來，然後一手陰魂尺、一手手電筒，頂著大風向前走去。

「什麼情況？」鬍子領著二白跟了上來。

「估計是遇到狼群了，他們可能也是探險隊。」我走上前去四下照照，發現地上的血肉很碎亂，沙地上有些模糊混亂的腳印。

「不對啊，這腳印不太對勁啊。」鬍子大聲說道，「這裏有些是人的腳印，其他小一點的腳印卻不是狼的，這種腳印的前面分叉，是帶爪子的東西。」

「還有，你看這些血肉和骨頭，明顯是被咬碎的。如果是餓狼群的話，這些碎肉肯定都被吃掉了，不會剩下的。現在這些碎肉都被丟在這裏，這說明什麼？」鬍子皺眉道。

「難道說那些動物只是把人給咬死咬碎，卻不吃人肉？」我疑惑道。

「對啊，就是這樣，這些動物肯定不是普通的動物。」鬍子往遠處照了照，突然低喝一聲，一抓我的胳膊道：「快看，真正的狼群來了！」

我抬頭往前一看，不遠處的沙丘邊上，一片綠瑩瑩的三角眼冒出來，發出一陣陣狼嚎。我不禁心裏一緊，知道牠們是嗅到血腥味趕過來的。

那麼，這些被咬碎的血肉骨頭的確不是狼群幹的。那又是什麼呢？

「快看，這裏還有一個！」鬍子彎腰在沙地上刨了幾下，從地下拽出了一個黑乎乎的東西。

我們低頭一看，不覺驚得目瞪口呆，那東西是一具全身血肉模糊的屍體，似乎被活活剝了皮。

「快上車吧，咱們還是別管這些屁事了，這太不對頭啊！」鬍子很緊張，拽著我往回跑。

就在這時，剛才還徘徊在不遠處沙丘旁的幾十頭餓狼，居然一起朝著一個方向飛奔而去。

我拿手電筒向狼群照去，赫然發現，有一個滑溜溜的黑色怪物正在追逐狼群。

「嘶——」尖厲的叫聲傳來，那個追逐狼群的怪東西被手電筒一照，頓然一停，抬起細長的頭顱向我這邊看過來。

我才看清那個東西是一個腦袋三角形、兩眼血紅透亮、尖牙齜在嘴外的怪物。怪物頭頂有一束粗粗的毛髮，頭臉和身上都覆蓋著反光的細密鱗片，很像蜥蜴，但是仔細一看，發現牠是用兩隻腳走路的，而且沒有尾巴。

蜥蜴人！

我立刻想起了資料上的介紹，心裏一震，正要收回手電筒的燈光，和鬍子一起撤退。就在這個時候，一條又粗又黑、如同巨蟒一般的東西猛然從沙丘後伸了出來，一下子纏住了那個蜥蜴人，裹著牠隱沒到黑暗之中。

「嘶嘶——嘰呀——」蜥蜴人在黑暗中只發出了兩聲慘叫，就沒有聲音了。

荒蕪的沙漠之中，居然一下子冒出這麼多詭異生物。讓我覺得那些綠眼森森的餓狼才是正常的動物。

這裏有很多巨大變異的怪物。想必當年核爆的時候，擁有敏銳嗅覺的狼群預感到了危險，從而遠遁避禍了，所以才沒有因為核爆的輻射而產生變異。而其他怪物，則是對危險的感知能力較弱，或者行動比較緩慢，所以滯留在核爆的影響範圍之內，從而產生了這些詭異的變異。

我們現在只有一個想法：此地不宜久留。

這時，突然有一種恐怖的氣息籠罩住了我們，無數帶著腥臭氣息的黑色觸手，從四面八方向我們伸過來。

「咕咚咚——」大地在震動，在我們的腳下，似乎隱藏著巨大的怪物。

「快跑！」我們在手電筒光線中猛然見到從沙地裏伸出粗如手臂的黑色腕足，鬍子立刻大叫起來，頭也不回地撒腿飛奔，一下就跳回了車上。

我的反應也不慢，一個飛躍就回到車子旁邊，拉開車門就鑽了進去。

「快，倒車，離開這裏！」我對冷曈大喊道。

冷曈也意識到事態的嚴重性，一踩油門，方向盤急打。可是，無數黑色腕足從四面八方包圍過來，瞬間就把我們兩輛車子都給捆住了。

那些黑色腕足力氣很大，捆住車子之後，居然把車子舉離了地面，車輪空轉著。這一下，我們都傻眼了。

「哥哥！」冷曈驚得尖叫起來。

「鎮定！」我拽出一支雙管獵槍，對著纏在車窗外的一條黑色腕足猛地一槍轟擊。

「砰！」玻璃碎了，黑色腕足被打斷了，噴出一股黑色腥臭汁液，濺在車窗上。

「咯吱吱——」這條黑色腕足被擊中的瞬間，纏著我們車子的所有腕足像受到電擊一般，猛地一抽，差點將我們的車子擠扁了。

「砰砰砰——」我抓住機會，獵槍對著其他黑色腕足一陣猛烈轟擊，打爛了不少。

那些黑色腕足吃疼後退了，漸漸鬆開了我們的車子。

「哼！」見到那些黑色腕足就這麼幾下子，我心中一陣冷笑，扔下獵槍，掏出陰魂尺，推開車門就衝了出去。

「再讓你嘗嘗鮮！」

這時，我們的車子已經著地了。我衝出去之後，立刻展開攻擊，陰魂尺如同利劍一般，綻放一片寒光，向那些正在抽離的腕足一一點去。

那些黑色腕足看似巨大恐怖，卻撐不住陰魂尺的幾下點擊。不過幾分鐘時間，我上躥下跳，將幾十條黑色腕足都切擊下來，掉在沙地上，失去了行動能力。

鬍子那邊也是槍花四閃，鬍子和玄陰子一人一支雙管獵槍，也打斷了幾十條黑色腕足。

「咕咕咕咕——」這個怪物在我們的凌厲攻勢之下，斷足傷重，幾乎變成了一灘爛肉，發出了低沉的叫聲。

辨明了那個叫聲來自前方不遠的沙丘下方後，我和鬍子對望一眼，一齊飛躍而出，向前猛衝，想看一看牠到底是什麼樣子。

突然有一道刺眼的光芒從前方照過來，我們一下子睜不開眼睛了。

「小心！」我本能地大叫一聲，連忙就地滾倒，迅速向側面翻去，躲到了一個小沙堆後面。

刺目的光芒一閃而逝，待到我再次抬頭時，只是看到一大團肉乎乎的東西，懸浮在我們前方距離地面大約十幾米高的空中。

我抬起手電筒一照，不禁驚得頭皮發麻，那就像大地生瘡長出來的膿包一般，太噁心了。

「這，這——」鬍子站在沙地上，直愣愣地看著前方，他心中的驚駭當然是和我一樣。

「這是什麼？」鬍子怔怔地扭頭對我問道。

「我也不知道。」我看清了那是一團巨大的橢圓形黑色肉球，高度足有十幾米，直徑有四五米，全身長滿了手臂一般粗大的腕足，腕足中間鼓鼓囊囊地擠滿乳白膿包一般的肉狀凸起，臭氣熏天。

最讓我們吃驚的是，肉球朝向我們這一邊的中間位置，有一個直徑一米的圓形凸起，正散發出微紅光芒，就像那塊肉狀凸起裏有一把手電筒一樣。

我們同時聯想到了什麼。剛才那刺目的光芒，想必就是來自肉頭內部的手電筒，也就是說，就在幾秒鐘之前，那個肉頭吞下了一個手電筒。當然，它不會只是吞下了手電筒，肯定也吞下了拿著手電筒的人。

而那個人，很有可能就是剛才向我們發出求救信號的人。

「怎麼辦？」鬍子眉頭一皺，滿臉凝重地看著我。

「上去幹掉它！」我咬牙道。

這時，黑色肉球上面，緩緩睜開了兩隻魚白色的眼睛，眼睛的直徑有兩米，緊跟著，一個黑色大口也張了開來，一大團烏黑惡臭的黑水迎面向我和鬍子頭上噴來。我們一下子就浸在惡臭黑水之中，變成了黑乎乎的泥人。

這種漆黑汁液有很強的腐蝕性，我們身上立刻感到一陣灼燒的痛楚，如同被火烤著一般。

我和鬍子都是喝過仙酒的人，所以，內服的毒藥對我們都是無效的，但是，對於這種外在的毒藥，我們卻沒有抵抗力。我們一起滾倒在地，痛苦地大叫起來。

我們唯一感到慶幸的是，那些腐蝕性的黑色汁液似乎不是很穩定，風一吹之後，很快失去了腐蝕力，我們掙扎著爬起來，跌跌撞撞地往後逃去。

「砰砰砰——」鬍子一面跑一面用被腐蝕得青紫的手指扣動扳機，對著那團怪肉放了幾槍。

「嗚哇哇——」大肉球被子彈擊中之後，巨大的嘴巴裏居然發出了人類嬰兒的哭聲。

我們駭得頭皮都發麻了，敢情我們之前聽到的嬰兒叫聲，就是這個怪物發出來的。也就是說，這個怪物早就在這裏了，在我們來到之前，這裏發生過非常慘烈的搏鬥。

鬍子由於手被灼傷了，槍握不穩，當然失去了準頭。他本來想打怪物的眼睛，卻只打斷了幾根黑色腕足。

這非但沒能緩解我們的困境，反而讓那個怪物更加狂暴了，牠猛地向上拔高了數丈，無數腕足招搖著，黑壓壓地向我們壓了過來。

我和鬍子傷勢很重，這使得我們的速度大大降低，眼看著我們就要被那些腕足纏住了，突然「轟隆」一聲巨響傳來，一大團火光暴起，血肉碎片漫天灑了下來。

我們猛地抬頭一看，這才發現玄陰子已經站到了汽車頂上，向那個怪物扔出了一顆手榴彈。

我心想，幸虧玉嬌蓮給我們準備的裝備夠齊全，不然我們可就慘了。

但是，一顆手榴彈只炸掉了那個怪物的一小半，雖然牠受了傷，卻還是號叫著繼續向我們衝過來。我們絕不能讓那個怪物衝過來，不然的話，我們的車子肯定會被牠弄壞，就再也不可能逃掉了。

可是，我和鬍子渾身灼傷，每跑一步都很痛苦，根本就不能在肉球怪追上我們之前跑回車上。

眼看我們就要被大怪物壓倒的時候，空中再次炸響，這一次，兩發子彈準確地命中了肉球怪的兩隻眼睛。

「嗚哇哇——」肉球怪發出了更大的慘叫聲，全身劇烈顫抖著，開始挖陷沙地，向沙下鑽去。

我們抬頭一看，在車頂上，站著一個纖細的身影。

車頂上的身影飄動著一頭藍色長髮，如同風中的精靈。

第一〇八章

# 第三類接觸

突然一個全身微微泛著白光、
猶如螢光球的、西瓜大小的圓球伸了出來。
圓球輕輕晃動著，表面上慢慢出現了兩隻眼睛，
然後是鼻頭、嘴巴，最後向左右延伸出了兩條手臂。
我仔細觀察牠，發現牠並沒有要攻擊我們的意思。

冷瞳雙手握著一桿獵槍，槍托頂在肩窩。她第一次用槍，居然彈無虛發。

「好樣的，小冷！」鬍子興奮地大叫，「再給牠幾槍！」

冷瞳一言不發，再次連扣扳機，彈無虛發，全部都打進了肉球怪的大口之中。

「撲撲——」

「咕咕——」

肉球怪的嘴巴裏冒起陣陣青煙，向外噴射出一股股惡臭的黑色汁液。肉球怪似乎也意識到，牠現在面對的這群人是牠無法戰勝的，牠拼命地撥動渾身的黑色腕足，向沙下鑽去。

牠這麼一鑽，帶動了本來就有些虛浮的沙地，開始大塊塌陷下去，沙地上立刻形成了一個巨大的沙土漩渦，無數沙石向陷坑中滾落，連帶著我們腳下的地面也震動著，向下陷去。

我和鬍子再也不敢耽誤，拼命地跑回車上。但是，巨大的沙漠陷坑已經形成，我們處於漏斗狀陷坑的傾斜面上，想要逃出去談何容易。肉球怪不知死活，在牠逃離的時候，卻給我們造成了大麻煩。

天色有些亮了，東方天際出現了一抹魚肚白，頭頂的雲層已經可以看得很清楚。黎明的第一線曙光出現的時刻，卻也是我們墜入深淵的開始。我們連人帶車，跟著滾滾流沙，陷進了巨大的漏斗狀沙坑中。

沙坑的底部，正是那個巨大噁心的肉球怪鑽出來黑色大洞。洞口如同一個通往異世界的蟲洞一般，正在吸收著掉入的一切。

「啊——」車子沿著傾斜的沙面一路向下滑去，我們都大叫起來。

我們推開了車門，從車子裏跳了出去，趴在傾斜的沙面上想爬上去。可是，即便我們用盡全力，卻壓根兒沒有著力點，越是用力，滑落得越快。

「冷曈，抓緊我！」掉進沙坑洞口的時刻，我只來得及伸手緊緊拉住冷曈，將她死死地抱在懷中，然後只覺得腳下一空，耳邊生風，和滿頭滿臉的沙土一起墜進了黑洞中。

「呼呼——」

下墜的過程中，除了耳邊呼呼的風聲，我還依稀聽到下面傳來物體墜落到沙堆上的聲響。聽起來似乎這個黑洞並不是很深，而且地下是柔軟的沙土，我們大概不會摔死。

果然，幾秒鐘之後，我們就「撲通」一下，猛地砸進沙地之中。

沙地上落下了一些顆粒比較粗的沙子和石頭，而且我為了不讓冷曈受傷，將她翻到了我的上方，所以，砸進沙堆裏的時候，我的脊背和後腦重重地撞在了一些小石塊上面。

先前我已經被那個肉球怪的腐蝕性汁液搞得全身都是灼傷，現在再被這些石塊重創，我感覺一陣劇痛。

「啊——」我猛一咬牙，也不管身體痛得不聽使喚了，爆發出全身力氣，猛地一推冷瞳，讓她沿著沙丘向下滾去。

我知道，要不了幾秒鐘，我們的兩輛汽車就會從頭上砸下來。如果我們還待在原地，那麼我們就要被砸成肉餅。而我已經沒有力氣抱著冷瞳一起滾下去了，只能把她推開。

我躺在沙地上，滿頭滿臉立刻落滿沙土，呼吸都困難了，嗆得肺都要炸了。我無力絕望地放棄了掙扎，就等死了。

「哥哥！」冷瞳的聲音近在咫尺，這丫頭竟然沒有滾下去，她到底想做什麼？我急得腦門冒汗。

就在我快要被沙土埋起來時，一隻小手用力地伸進沙土之中，猛地抓住我的手臂，生拖硬拽地把我從沙土裏拽出去，然後抱著我，沿著沙丘斜面向下滾去。

在最緊要的關頭，冷瞳沒有拋棄我獨自逃生，這小丫頭肯定也知道，汽車馬上就要掉下來了，留在原地是非常危險的，但她還是救了我。

「砰——轟——」簡直是千鈞一髮，我們剛剛滾開，就聽到一聲巨響，一輛汽車從天而降，砸在沙丘上，濺起一大片黃沙煙塵。

「哥哥，哥哥，你怎麼樣了?!」

我們已經滾到了角落裏，算是安全了。冷瞳把我翻過來，不停地拍著我的臉，焦急地對我大聲喊著。

「咳咳——」我總算緩過氣來，氣順了一些，雖然腦子有些震盪，但是感覺好了一些。我艱難地吐了一口氣，費力地扭頭向身旁的沙丘看去，說道：「快去看看他們怎麼樣了。」

「咳咳，放心吧，我沒事！」就在這時，沙丘另一側傳來鬍子沙啞的聲音。

「太好了，鬍子哥哥也沒事。」冷瞳不禁狂喜。

「老傢伙怎樣了？」我有些擔憂地問。

「哎，老了，身手不行了，被石頭刮破了皮。」我腳後方的黑暗之中，傳來一個蒼老的聲音，緊接著，玄陰子帶著鬼猴二白走了出來。

這老傢伙真不知道是什麼下來的，身上竟然連灰塵都不見，真夠鎮定悠閒的。

見到大家都平安了，我這才放下心來，苦笑一下，閉上了眼睛，想休息一下。

可是，我們的頭頂一黑，一個大傢伙凌空落了下來。

「快閃開，車子掉下來了！」鬍子大喊道。

「砰——咯喳喳——」又落下來的這輛車重重地砸到剛才先落下的那輛車子上。

兩輛車相隔二十來米，自由落體之後猛然相撞，誠然有一層沙土作為緩衝，還是把所有玻璃都震碎了。

「撲通——」相撞之後，後一輛車子搖搖欲墜地傾斜了，倒在沙面上，陷了進去，只滑動了幾米就停了下來。

兩輛車子從洞口落下，那個洞口擴大了一些，直徑有五六米了。這樣一來，洞底的光線變亮了不少。

我抬眼四下望去，這才發現，四壁都是風化的岩石石壁，這裏是一處天然岩洞。

鬍子忽然大叫道：「這他媽的是什麼？是蟲子的窩吧？」

「你發現什麼了？」隔著一人多高的沙丘，又有下落的沙子遮擋，我看不清鬍子那邊的情況，但是隱隱有些不安，這個坑洞裏很有可能隱藏著一些恐怖的東西。

就在我們旁邊一處崎嶇的石壁上，我隱約見到了數十個灰白色蠶繭一般的東西，每一個都有水桶大。而石壁下堆積著一大堆白花花的東西，是巨大的蟲子退下的皮和白骨。在那堆白色的東西後面，有一個模糊的獸頭圖案。

看清這些情況之後，我無力地抓著冷瞳的手，對她說了聲「小心」，就無力地閉上眼睛，想先恢復體力。

「大家小心了，這邊還有一個大洞，裏面都是那種黑色汁液，剛才那玩意兒還沒有死，牠躲到洞裏去了！」鬍子又報了新情報。

他的聲音剛剛落下，只聽到「唔呀呀——」一陣嬰兒叫聲，那些黏在峭壁的灰白色巨大蟲蛹裏，突然有一隻從裏面伸出了一個西瓜大小的蟲子腦袋，接著身體出來了，滿是章魚一般的白色腕足。

坑洞之中，此刻也迎來了黎明的曙光。我們清楚地看到，很多隻粗大的白色肉頭接連從蟲繭裏爬了出來，沿著石壁蠕動著滑下來，向我們包圍過來。

那些怪頭蟲一邊爬動，一邊張開寬闊的滿是鋸齒狀牙齒的嘴巴，發出嬰兒一般的叫聲，整個坑洞裏怪叫聲此起彼伏。

我勉強恢復了一點體力，見到那些蠕動著的怪頭蟲，心中著急，不敢再躺在地上，只好掙扎著爬起來，和冷瞳、玄陰子一起退到角落，緊張地看著那些越來越近的怪東西，準備著隨時出手反擊。

「砰砰——」鬍子端著獵槍，從沙丘的另外一側殺過來，打飛了好幾條怪頭蟲。

「你們怎麼樣？」鬍子來到我們身邊，回身舉槍，警惕地看著那些怪頭蟲。

「我們沒事。你這樣把牠們惹瘋了，牠們一起衝上來，我們根本就沒法招架。」我有些責備鬍子的莽撞，接著發現牠們並沒有被鬍子的攻擊惹怒，這才鬆了一口氣。

「沒事的，打他娘的就是了。」鬍子全然不把我的話當一回事。這些怪頭蟲行動緩慢，而且我們有的是子彈。

這時，那些怪頭蟲竟然「簌簌簌——」一陣爬動，然後不約而同地集中到一起，纏繞成一團。

一開始我們以為牠們是想搞群體攻擊。可是，那些怪頭蟲纏繞成的肉球居然變光滑了，最終合體成了一個表面光滑柔亮的大肉球，然後緩緩地繼續變形。

先是表面起了一些粗大的乳白色紋路，接著整個球體慢慢拉長，末端延伸出無數粗大的黑色腕足，頂端則冒起了一些乳白色肉頭凸起，睜開了灰白色眼珠子，繼而出現了鋸齒狀的大嘴巴，最後，大肉球的背上居然緩緩地張開了兩對樹脂色的翅膀。

「撲嗒嗒——」肉球怪的兩對翅膀張開之後，立刻一陣撲扇，掀起一陣飛揚的塵土，接著張開闊嘴，長身向上一衝，瞬間變成了一條高達兩丈、粗如磨盤，頂上佈滿肉頭，身上滿是黑色腕足的大蟲。

「嗚哇哇——」大蟲對我們發出尖厲的嘶叫，翅膀猛扇，下半身著地，蛇一般向我們衝過來。

「打！」我們早已準備妥當，四根獵槍一起對準大蟲的腦袋，一陣射擊。

「砰砰砰——」一聲聲震響，槍管冒煙，全都命中了大蟲，幾乎將牠的頭都打爛了。

而大蟲在如此猛烈的火力攻擊之下，自然無法再向我們發動攻擊了。牠拖曳著滿身污穢汁水，扇動著翅膀，沒頭沒腦地在坑洞裏飛躥起來，不時發出嬰兒的叫聲。

這時，坑洞另一側的黑色大洞裏傳來了回音。先前被我們打傷的那個肉球怪從洞口中緩緩蠕動出來，腕足一纏，將那條長著翅膀的大蟲拖進洞中，掩到了自己身後。

「啊，這隻長翅膀的怪蟲子，是那個肉球怪的孩子，牠還想保護孩子呢。」鬍子失笑道。

「這誰都看得出來。」我皺眉道，「現在我們先要想辦法從這裏出去才行，這兩條怪蟲子就由牠們去好了，少惹麻煩為妙。」

「我看不惹麻煩不行了，你看這坑洞這麼深，我們怎麼出得去？咱們還是要和這兩條蟲子幹一架的，不信你就看著好了。」鬍子嘿嘿笑道。

我知道他說得沒錯。確實，要想從頭頂的出口出去是不可能的，石壁太陡峭，而洞口的沙土也太鬆了，根本就沒有著力點。所以，我們想要出去的話，只能從那兩條大蟲藏身的那個洞穴往前走，尋找別的出口。

我不覺嘆了一口氣道：「準備好彈藥吧，看來是躲不過了。」

「正好，我還沒打爽呢，好不容易遇到這麼給勁的怪物，不好好耍一番都覺得可惜。」鬍子有些興奮地跑到沙堆上，拉開車門，把裏面的東西一股腦兒掏出來，招手喊道：「來吧，一起動手，能帶的都帶上，這一走進去，可就不知道什麼時候才能出去了，說不定最後要吃那些蟲子才能活下去呢，你們可要做好心理準備啊。」鬍子說笑道。

我們一起將車子從沙堆上推翻下來，將裏面的東西都取了出來，每個人身上都背著一個大包，冷瞳也穿了一套厚實衣服，戴了帽子。鬍子給鬼猴二白也背了一個小包，裝了一些水果和乾果，都是二白愛吃的東西。

我們又分發了武器。雙管獵槍只能單發，打完子彈就要重新裝彈。這種槍雖然射擊速度有限，但是打出來的子彈卻是呈片狀的，只要槍法還可以，隔著幾十米遠也能打中目標。

除了幾支雙管獵槍之外，還有兩把黑五星手槍和一把八一槓自動步槍。這三個大殺器，玄陰子和冷瞳一人分了一把手槍，鬍子搶了八一槓。

「你不是有兩把尺嘛，那玩意兒比這些東西好使，就別跟我們搶了。」鬍子占了便宜還賣乖。

「咱們進洞把那兩個怪物幹掉，然後沿著山洞往前走，說不定就能找到出口了。這種大山洞，不會只有一個出口。」鬍子將探照燈戴到額前。

「你說得輕巧，那兩個怪物可不好對付，再說了，裏面說不定會新的危險。」我沒有鬍子那麼盲目樂觀。

「管他呢，咱們什麼沒見過？鬼都不怕，還怕這個？」鬍子笑道。

我又想起了盧朝天給我的那份資料，到現在為止，我們還沒有遇到過真正超出我們理解範圍的生命體，它們都消失了嗎？

我們來到了大洞口，借著頭頂上的光線，隱約可以看到，我們所在的地方是一處豎直坑洞。坑洞四壁底端是堅硬的岩石，往上一點，則是沉積岩和土層，最頂端則是鬆散的沙子，像是一碰就會垮塌下來。洞口寬約一丈，高約兩丈，呈半橢圓形，還算結實。

站在洞口前，我們聞到了一股刺鼻惡臭，應該就是那兩隻大肉蟲留下的。腳下的沙地裏散落了很多白骨，其中不乏人類的骨頭。我們不是第一批到達這裏的人類，先前到達的那些人都已經葬身蟲口了。

一陣怪異的冷風從洞口吹出來，我感到渾身冷颼颼的，似乎被冰涼的蛇周身纏繞了起來，非常不舒服。我一壓頭頂的探照燈，照向大洞口，微微瞇眼看過去。

一看之下，我驚得汗毛直豎，雞皮疙瘩起了一身。黑色的洞口中，正有無數條肉白色、粗細如小孩手臂的觸手伸出來！

每一條觸手的頂端都分出一大團細小的觸角，每個觸角的頂端又有眼睛樣的東西。這些「眼睛」和「觸角」都在緩緩晃動著，似乎在探測著四周的情況，猶如亡魂在窺探著我們。這些東西離我們不到一米遠，是肉眼無法看到的。

但是，牠們絕不是以前我見過的那種亡魂，這種生命體不是由我們所知的任何物質構成的，牠的構成與陰魂相似，由一種未知的場力構成。我唯一感到慶幸的，就是我已經發現了這些東西的存在。

這時，這些密密麻麻的眼睛叢中，突然分出了一條縫隙，一個全身微微泛著白光、猶如螢光球的、西瓜大小的圓球伸了出來。

圓球的底端有一個肉白色的脖子樣的東西，與隱藏在山洞中的本體相連。圓球輕輕晃動著，表面上慢慢出現了兩隻眼睛，然後是鼻頭、嘴巴，最後向左右延伸出了兩條手臂。

此時，這個圓球腦袋搖晃著兩條手臂，睜著一雙大眼睛，動著嘴巴，似乎正在對我們說話。我仔細觀察牠，發現牠並沒有要攻擊我們的意思，似乎是想和我們交流，但是，我根本就聽不到牠到底在說什麼。

緊挨著我站著的冷瞳皺著眉頭，微微閉眼，側耳專注地傾聽著。

「冷瞳，你在聽什麼？」我心裏隱隱意識到了什麼。

「有聲音，你們都沒有聽到嗎？」冷瞳好奇地看著我們問道。

「沒有聲音啊，你聽到了什麼？」鬍子和玄陰子都疑惑地看著冷瞳。

「好像是在對我們說話，聲音很低沉，我只聽明白了一些，意思好像是說，牠們知道我們是這個世界的主宰者，希望我們不要和牠們產生衝突，儘快離開這裏。這裏是牠們的領地，希望我們尊重牠們。」冷瞳有些猶豫地說道。

「啊？到底是怎麼回事？」鬍子和玄陰子都愣了，他們既聽不到也看不到。

我皺著眉，一拉冷瞳，又對鬍子他們招招手，我們一起退到了距離洞口十來米遠的地方，這才說道：「確實有東西，也確實在說話。不過，我只能看到，卻聽不到，而冷瞳是能聽到，但是看不到。」

「我明白了，你這是在罵我們又聾又瞎。」鬍子聳聳肩膀道，「那你看到的是個什麼東西？」

「很奇怪的東西。」我滿臉困惑地把那個生命體的形象描述了一下，問道：「你們說現在怎麼辦？我們根本沒有和牠們對抗的經驗，貿然進攻的話，說不定會吃虧。而且，現在牠們已經發出了警告。」

「這個嘛，」玄陰子皺眉沉吟道，「我看還是按照牠們說的去做吧。」

「那我們怎麼出去？」鬍子問道。

「這個——」玄陰子抬頭看了看上面的出口，「想辦法原路返回吧。」

「你覺得可能嗎？」鬍子鬱悶地說。

「我倒是有一個辦法。」冷瞳沉吟道，「其實，我們可以請求那個東西幫忙的。」

「可以嗎？」大家驚奇地望著她，覺得這個主意太大膽了，卻又似乎可行。

「不知道，只能試試看了。」冷瞳抬眼看了看黑黑的大洞口，「那兩條大蟲應該是由牠管著的，牠應該能命令牠們。剛才你們也看到了，那條大蟲子可以從這個洞口鑽到上面去，所以，我們可以請求牠讓那條大蟲子馱著我們出去。你們覺得這個主意怎麼樣？」

「嘿嘿，嘿嘿。」鬍子有些尷尬地笑道，「那個蟲子那麼噁心，我們坐在牠身上出去？」

「這個主意不錯，我們可以試一下。現在的問題是，怎麼樣才能和牠交流，讓牠聽懂我們的話。」我皺眉道。

「這個我可以試一試。」冷瞳主動請纓道。

我們不知道冷瞳這麼做會不會有危險。因此，我們三個人都荷槍實彈地跟在她的身後，隨時準備應對突發的危險。鬍子和玄陰子一左一右，端著雙管獵槍瞄準山洞，我則打著探照燈，瞇眼注意牠的動靜。

冷瞳倒是很放鬆，她微微閉眼，靜靜地站在那一大片「眼睛」面前。

我清楚地看到，那個圓球一點點地向她移動，然後落到了冷瞳的眉心上，最後居然全部都進入到冷瞳的額頭中。

乍一被那個圓球接觸，冷瞳就像老僧入定一般，一動不動地站著，持續了幾分鐘，直到圓球自行退回之後，才緩緩睜開紫色的眼眸，轉身看著我們，微皺眉頭道：「牠答應了，幫我們把汽車弄上去都不成問題。」

「不錯嘛，看來對我們沒有惡意啊。」鬍子有些好奇地問，「那你有沒有問問牠，牠到底是個什麼玩意兒？」

「不知道。就好像別人問你，你到底是個什麼玩意兒，你說得出來嗎？」冷瞳問道。

「我當然說得出來，我是人啊，這還不簡單？」鬍子不屑道。

「那麼，人又是什麼東西？」冷瞳追問道。

「這個嘛——」鬍子摸了摸腦袋，嘟囔道：「好吧，那牠有名字嗎？」

「牠自稱嘰哩刺唔，牠們是一種遊弋在宇宙之中的高等生命體，擁有很高級的智能。牠們很久之前就已經學會與我們進行交流了，這一次算我們幸運，沒有惹怒牠們，不然的話，單單是靈魂力的攻擊，就可以讓我們瞬間精神崩潰，變成瘋子了。」冷瞳說道，「我們還是把車子收拾好，坐進去，等著牠幫我們回到地面上吧。」

「既然都說好了，那還等什麼，快行動吧，我再也不想待在這個鬼地方了。不過嘛，牠是不是吹牛啊，什麼用靈魂力攻擊我們，誰強誰弱還不一定呢。」鬍子顯然不太相信，還有些躍躍欲試。

「好了，鬍子，咱們和牠們井水不犯河水，沒必要死磕，趕緊上車，辦正事要緊。」我招呼著大家來到汽車旁邊，發現有一輛無法啟動了，另一輛還能用，就一起坐了進去。

過了幾分鐘，我們聽到一陣「沙沙簌簌」的聲音，有些好奇地扭頭向洞口的方向看去，不覺都心虛地吸了一口冷氣。先前那個肉蟲怪又出來了。

那隻肉蟲怪此時渾身是傷，情狀有些狼狽，但是看著還是很噁心。我們都不敢再看了，收回了眼神。

不過，我多留了一個心眼，瞇眼看了看牠，赫然發現牠的軀體此時被那種白色觸手包裹著，也就是說，現在大肉蟲完全由那個未知生命體控制著，就是一個傀儡。

我不禁有些好奇，已經完全相信了冷瞳的話，知道那個未知生命體確實擁有很強的精神力量，可以控制其他生物的意志。但是，我不太明白，既然那個未知生命體以場力形式存在著，又為什麼要躲藏在這個山洞裏，和這些大肉蟲居住在一起呢？牠們既然可以在宇宙中遊弋，為什麼不離開我們的世界，尋找更好的生存場所呢？

這些疑問，在那個大肉蟲用腕足把我們的車子托舉起來時，我找到了答案。

我在大肉蟲的額頭後面，見到了一個人形、如乾屍一般的東西，油黃色的皮膚斑駁，骨稜分明，頭顱上只有一雙空洞的大黑眼。那個東西緊緊吸附在大肉蟲上，幾乎完全陷進了大肉蟲的褶皺中。

那些觸手，都是從那個地方發散出來的，也就是說，那個人形寄生的油黃色東西，就是那種未知生命體的本體。

我猜測，這種未知生命體確實擁有很強的精神力量，可是牠們不能夠完全脫離物質而存在，牠們的本體寄生在其他生物體之上。說不定，那些大肉蟲原本只是普通蟲子，之所以變得如此怪異，就是因為基因被那些未知生命體改造了。

汽車在大肉蟲腕足的托舉下，一點點地向上升起。重見天日的感覺真好，當陽光從東天照到我們身上的時候，我都有些睜不開眼睛。我們大口貪婪地呼吸著清晨的空氣。

大肉蟲非常講信用，不但將我們送出洞口，還幫我們離開了漏斗狀的沙坑，把汽車平穩地放到沙坑旁邊的沙地上，然後大肉蟲就很快縮回洞裏去了。

我們有些恍惚地下車，站在沙坑旁邊，很難相信在沙漠的底下還隱藏著這麼奇特的生命體。我們有些興奮，又有些糾結。興奮是因為我們碰到了埋藏在沙漠中的秘密，糾結的是，昨天晚上那個向我們發出求助信號的人，已經葬身在這裏了。

我們四個人和一隻猴子擠在一輛車裏，在沙漠中奔馳上百公里之後，終於在地平線上見到了一些黑色。

我的心情有些激動，終於找到了廢棄的古城遺址。

古城遺址只有一些分辨不出模樣的牆根地基。在沙土掩埋下起伏著，偶爾有些地方深陷下去，成了黑色的洞坑，邊上有些散落的枯枝和白骨，好像有什麼野獸住在裏面。

沙漠裏的野獸很多是晝伏夜出的，所以，我們在日頭偏西的時候到達這裏時，四處一片靜謐。

我拿著指北針，對照吳農穀的地圖，繞過古城遺址又前進了一段，一個隔斷沙漠的巨大裂谷出現在面前。

將車子停穩之後，我們沿著裂谷邊上的流沙小路一路下到谷底，這才發現，兩邊的峭壁上都是蜂窩狀洞口，每一個洞口都是一處墓葬，這就是傳說中的「小河溝千人墓葬群」！

我們分成兩隊，沿著裂谷向左右探查，很快就在裂谷的一段發現了一個被沙土掩埋的避風口。我們幾個人用工兵鏟輪流挖掘，終於在太陽落山之後，一鏟子碰出了火花。再費力地豎直向下挖了兩米深，一扇塵封的石門赫然出現在我們面前。

第一眼見到石門的時候，我一下子就被上面雕刻的「獨眼」吸引住了。沒錯，這就是我在資料照片上見過的那個石門。就在這個石門的後面，藏著那台神秘的機器。

天黑了，大風呼嘯，漫天沙塵飛舞。我們躲在避風灣裏，用煤油點起篝火，圍坐著吃喝一頓，取出睡袋，緊挨著岩壁睡覺。

晚上第一班崗是冷曈站的，到了十點鐘換我起來。我陪著玄陰子喝了一點小酒，正睡得死沉，起來之後迷迷糊糊的，在快要熄滅的火堆邊上哈欠連天地點了一根菸，一邊抽著一邊拿探照燈四下照著。

我查看了一圈，新挖出來的墓門也仔細研究了一番，沒有發現什麼異常，這才放下心來，坐到火堆邊上打瞌睡。

迷迷糊糊之中，我隱隱約約聽到一陣陣笑聲。我全身一激靈，酒瞬間醒了大半，找著聲音的來源，將探照燈照過去，微微眯眼向那個地方斜瞅過去。

在我們右前方的一處峭壁上，有一個洞口略大的洞穴，正隱隱散發出一層黑氣。雖然經歷了不知道多少歲月，而且還是裸露在地面的淺層墓葬，卻還有一些無法散去的怨氣。

我微微皺了皺眉頭，抽出打鬼棒握在手裏，向那個洞口走過去。我走了幾步之後，笑聲變成了哭聲。再走幾步，可能是腳踢到碎石發出了聲響，聲音戛然而止，洞口的黑氣也一下子縮進洞裏了。

「咦，看來是個膽小鬼。」我皺皺眉頭，沒有再向前走，畢竟對方並沒有傷害我們的能力，也就沒必要去惹麻煩了。

沒想到，我剛一回頭，猛然見到一個毛茸茸的腦袋撲面向我衝過來。

「哎呀！」我猝不及防，一邊向後撤腳，一邊揮起打鬼棒向那個毛頭砸過去。

「咕咚」一聲，那個毛頭腦袋被我砸飛了。

「嘰呀！」我抬頭一看，這才發現，向我撲來的是鬼猴二白。

這畜生大半夜裝神弄鬼嚇唬人！我氣得渾身冒火，踏前一步，伸手就要去抓二白的尾巴，讓牠老實一點。

這時，二白突然發出一陣陰沉的磨牙冷笑聲，我瞇眼去看，赫然發現此時趴在我面前的，是一個滿身汙血，披頭散髮的黑面惡漢。

「咯嗒嗒！」在探照燈光的照射下，那個惡漢的身上發出一陣敲擊之聲，接著四足著地，脊背一拱，猛地向前一躥，再次向我撲來。

「找死！」我的打鬼棒閃電出擊，正中他的面門，將他戳了回去。

「撲通！」惡漢跌落在地，幾個翻滾之後，飛也似的向側面逃去，幾秒鐘就消失了。

「也就這點本事而已。」我有些自得地暗笑一下，隨即一怔。不對，我怎麼能把牠放跑呢？牠現在可是上了二白的身了，這麼一跑，那二白不是也要失蹤了嗎？

我不覺心裏有些焦急，連忙朝鬍子的睡袋上踢了一腳，喊了一聲：「出事了，起來守著！」然後發足狂奔，向著二白逃跑的方向追了過去。

山谷裏沙石混亂，地形崎嶇，二白身體輕盈，沿著峭壁的側斜面上躥下跳的，腳印並不是很清晰。

我一路追蹤下去，還是跟丟了。當我停下來仔細觀察環境的時候，才發現我走進了一處非常隱秘的狹窄裂縫之中。

裂縫不到兩米寬，兩邊岩壁豎直向上，也不知道到底有多深，一眼望不到頭，腳下的地面佈滿碎石和白骨，還有一些毛髮。雖然沒有風，卻陰氣逼人、異常寒冷，讓我頓生墜入古墓深處的感覺。

這是什麼地方？心下好奇，我微微皺眉，把探照燈戴到頭上，一手打鬼棒一手陰魂尺，小心翼翼地向著裂縫底部探了過去。

走了不到五十米，前方猛然有一個黑影顯現，是一個非常高大的人類背影。那個人距離我大約五六十米，目測至少有兩米高，肩膀有一米寬，堵住了大半個通道。

我一愣，沒敢繼續向前走，沉聲問道：「什麼人？」

我問了好幾次，那個身影都沒有回答。我靠近那個身影仔細一看，那是一個石像，用青色的石頭雕刻而成的。

我鬆了一口氣，側身從石人的側面蹭過去，繞到石人的前面之後，我吁了一口氣，想瞧瞧石人的面部是什麼樣子。

一看之下，我不覺心裏一驚。石人的雕工並不是很精細，身上連衣褶子都沒有，面部是闊嘴大鼻頭，相貌凶惡。最奇特的是，石人的臉上只有一隻眼睛，在鼻樑之上、額頭之下，處於中間位置。這一隻眼睛很大，幾乎抵得上一般人的兩隻眼睛，格外醒目。石人的一隻手按在胸口，似乎手裏還抓著什麼東西。

我有些好奇，向石人的手裏看去，發現手心之中居然是一顆眼珠子一般的小石球！我一時之間想不到以眼睛形象為圖騰崇拜的民族，難道說，曾經生活在這個地方的人們，是一個非常隱秘的民族，未被外人所知？

帶著心中的疑問，我繼續向前走去，當來到裂縫底部時，看到了一個石門，與我們在外面看到的石門一模一樣，也雕著一隻眼睛！

# 第一〇九章

# 未知生命體

那些人臉的組成方式，
和先前大肉蟲的巢窠中遇到的那種未知生命體類似。
也就是說，現在我面對的東西，也是一種未知生命體，
而這種未知生命體綁縛在了這道墓門上，
成為了墓門及墓道空間的控制者。

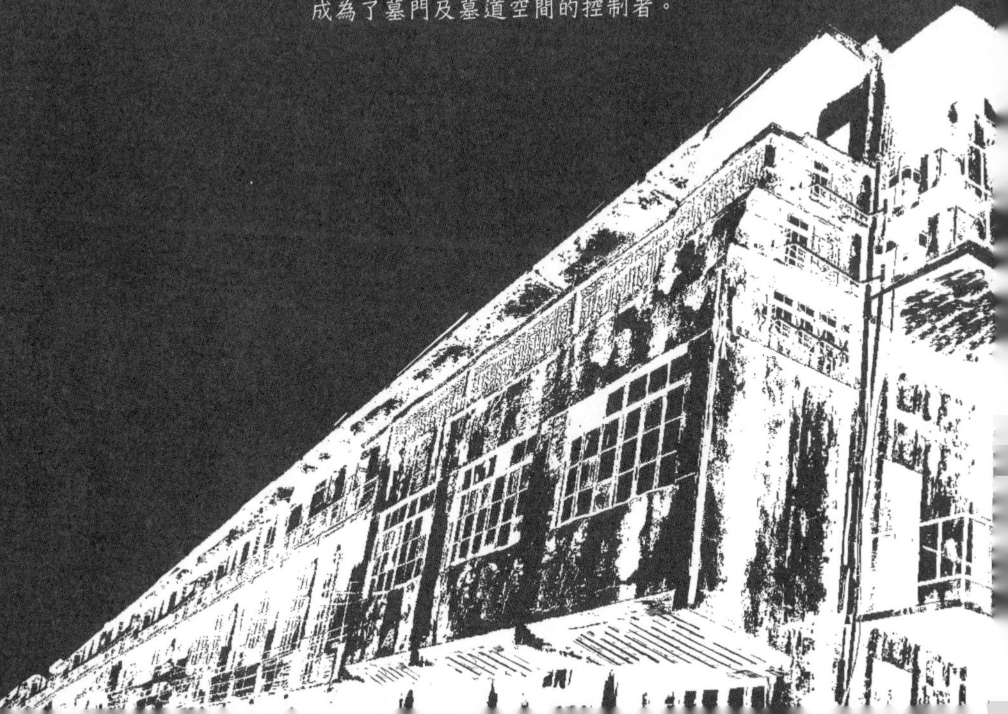

就在我不知該怎麼辦時，那個石門居然緩緩地動了一下，發出一陣「咯啦啦」的聲響。

我一驚，抬起打鬼棒頂著其中一扇石門，用力一頂，石門打開了。

我本能地後退一步，並沒有急於走進去。一般來說，這種塵封了多年的石門會釋放出極為陰毒的氣體，普通人說不定會立即斃命。雖然我不怕毒氣，可是畢竟可能感到不適，所以我還是小心為上。

我等了幾分鐘，覺得毒氣釋放得差不多了，才彎腰低頭地走進石門。我第一眼看到的，不是機關，也不是鎮墓石雕，更不是棺材和屍體，卻是一個長著灰色長毛的腦袋，兩隻黑亮發光的眼睛盯著我，差一點兒嘴對嘴地碰到一起。

「嘰呀！」我還沒有反應過來，二白已經發出一聲尖叫，掉頭向墓穴深處逃去。看來，那個上了牠身的陰魂就是待在這個墓穴的。

我放鬆下來，左右看了看，發現這是一條乾燥的砌石甬道，兩側石壁上是一些斑駁脫落的浮雕壁畫。頭頂的石壁上則畫著一顆接一顆的眼珠子，站在墓道裏，似乎一直有人在注視著我一般，感覺非常不自在。

我站在甬道的入口處，微微瞇眼打量了一下墓道，發現墓道深處雖然陰氣濃重、黑影爍爍，但是總體來說，並不是非常凶煞，知道這裏大約由於年月日久，而且墓門鬆動，早就走了風，陰魂煞氣並沒有真正形成，並非是一處大凶之地，心中不覺放鬆了起來，不再擔憂，抬腳踏步就沿著墓道向前走了過去。

我不時看到二白的身影一閃而逝，卻一直沒能追上牠。我向前走了幾百米，感覺甬道已經深入山體深處了，卻依舊看不到頭。我猶豫了，覺得這麼孤軍深入不是明智之舉，最好還是先出去和大家會合，再來探索這個地方。

可是，我剛回頭就發現，在我身後不到十米遠，居然就是我進入墓道時的那扇石門！

我進入墓道之後已經走了幾百米，一路上根本沒有見到石門。難道說，當我在墓道裏行進的時候，那扇墓門一直跟在我的後面嗎？墓門是活的?!

我走到墓門仔細查看，這的確就是我剛才進來時的那道門！我拉開石門，向墓門外一看，立刻呆住了。墓門的後面，居然不是山谷裂縫，而是看不見盡頭的墓道了！

我有些急了，抬腳穿過墓門，進入了墓道之中，向前疾奔出上百米，依然看不見墓道盡頭。

我心裏一沉，停下腳步，緩緩轉身。果然不出所料，在我身後不到十米遠的地方，又是剛才那扇墓門。

這個墓道裏肯定設置了一種極為詭異的機關，這個機關可以迷惑心神，或者改變時空，使得進來的人被困死在這裏，再也出不去。

我我果斷掏出雙管獵槍，推彈上膛，對著墓門一槍打過去。

「砰！」子彈穿過了墓門，沒入了門背後的黑色空間之中。我突然感覺後背上一陣火辣辣的痛，一片鋼珠和沙粒打進了皮肉之中。

「撲——」我全身一震，猛然跪倒在地，一口黑血噴吐出來。

這個墓道居然是一個封閉的時空怪圈，我明明朝著前方開槍，子彈卻打到了我的後背！

我該怎麼辦？我第一次遇到這種怪異狀況，而且還是獨自一個人，難道這一次真的要被困死在這裏嗎？

「呼呼——」我雙手撐地，雙管獵槍丟在一邊，深吸了幾口氣之後，這才恢復了一點氣力，扶著石牆坐了下來，有些絕望地看著墓道和墓門。

我坐了半天，修復了傷口，四周環境依舊沒有任何改變。我強行按捺住恐慌，開始分析當前的狀況。

我瞇眼看看墓道前後，發現並沒有特殊的陰力場，也就是說，現在的狀況並不是見鬼了。這條墓道應該是環形的，墓門既是起點，也是終點。想要找出口的話，得回到墓門上面才行。

我又仔細觀察獨眼墓門，果然發現墓門上的圖案有古怪之處。內外兩面的圖案是不一樣的，朝外一面的眼睛在兩扇墓門的中間一分為二，是睜開的。內側一面的眼睛是閉著的，就好像睡著了一般。

我隱隱覺得，這個墓門的機關，很有可能與這兩隻眼睛有關。我拿探照燈照著墓門，繼續皺眉查看著。

突然，我覺得在兩扇石門的縫隙中，似乎看到了一張人臉！

我全身一個激靈，慌忙起身，繞到墓門後一看，卻是空空如也。

我有些氣餒地坐下來。可是，剛坐下，又看到了一張模糊的人臉出現在墓門後面。那似乎是一張尖下巴的女人臉，細長的眼睛正從門縫裏盯著我，臉上帶著嘲弄又憐憫的笑容。

我再次站起身，走到門後，又是什麼都沒有。

「我不甘心，這絕不可能！」心中一陣憤怒，我抄起雙管獵槍，對著旁邊的牆壁猛地放了一槍。

「砰！」子彈打到石牆上。我過去仔細一看，墓道是在山體之中開鑿出來的，根本無法擊穿。

我又舉起獵槍，對著墓道頂上那些眼睛逐個射擊，打壞了不少，卻還是沒能改變墓道的格局。

我看到的那張人臉，是一種怎樣的生命狀態呢？我再次走到墓門前，盤膝而坐，微微瞇眼向門縫裏看過去，這才發現，原來並非只有一張臉，而是有無數張臉，她們如同雲霧一般，又像擁擠的泡沫，鼓鼓囊囊地堆積在那裏。

那些人臉的組成方式，和先前大肉蟲的巢窠中遇到的那種未知生命體類似。也就是說，現在我面對的東西，也是一種未知生命體，而這種未知生命體綁縛在了這道墓門上，成為了墓門及墓道空間的控制者，它在這裏的任務，就是有人侵入墓道之後，扭曲墓道的時空，將入侵者困死在墓道裏。

墓門上的未知生命體，其實成了人類墓穴的守護者，是一種離奇的鎮墓獸。如果不是我這種擁有陰眼的人，就無法發現它的存在。

我緩緩起身，很慢地向墓門後走過去，而那些漂浮的人臉在我走動的時候，收縮進了墓門一側的一個細小孔洞中。

我這才注意到，墓門兩側有一些細如筷子一般的孔洞。看你們還往哪裡跑？我不禁笑了起來，把腰間的黑火藥羊皮袋拿出來，往每個孔洞裏倒了一些黑火藥，接著點起一支菸，用菸頭挨個點著了孔洞中的火藥。

「嗤嗤叱——」一陣火花閃耀，煙氣湧動，空氣中瞬間瀰漫著濃烈的火藥味，牆上的孔洞被燒得發黑泛黃。但是，那些縮進孔洞的未知生命體沒有再出來，而墓道也沒有什麼變化。

我洩氣地坐了下來，一邊抽著菸，一邊斜眼瞅著墓門，忽然在墓門的側稜面上看到了一些印跡和紋路。

我過去仔細一辨認，那是幾個簡單的符號。其中有兩個箭頭平行，一個向裏指，一個向外指。向外指的箭頭末端，是一隻睜開的眼睛，向裏指的箭頭末端，則是一隻閉合的眼睛。

我猛然悟到了什麼。對於任何一扇門來說，只有兩種狀態，就是開和關。既然門的狀態只有兩種，而這道石門是用來控制機關的，那麼，會不會是，石門打開，機關就打開，石門關閉，機關也就關閉了?!

有哪個盜墓的人，會在進入墓道之後把墓門給關上呢？那樣的話，不就是把自己給關到墓道裏了麼？當初設這個墓穴機關的人，利用了人的思維定式，讓我不得不佩服。

我深吸了一口氣，懷著激動又緊張的心情，兩手推著石門，緩緩地把墓門給關上了。這是我最後的救命稻草，如果這一招還不能奏效的話，那我真的就要在這裏等死了。

「咯啦啦——」厚重的石門完全關閉了。

我心情有些忐忑地閉上眼睛，接著又緩緩睜開眼睛。我的心登時一沉！

因為，我並沒有看到天光，依舊身處黑暗之中。可是，我隨即發現，我現在是站在石門內部一側，所以仍在墓道裏。

我抱著最後一絲希望，緩緩轉身，打著探照燈向身後一探，終於鬆了一口氣。

果然，我的背後已經變了樣子。我的背後是一個潮濕陰暗的洞穴。洞穴並不是很寬，也就一人來高，一米多寬，長度只有十幾米，底部是一扇滿是銅綠的大門。

在這十幾米長的狹窄甬道的地面上，散落著好幾具骷髏。這些骷髏的姿勢，無一不是雙手抱膝地蜷縮著。

我可以想像得出來，他們死去的時候，應該是經歷了漫長的孤獨和饑餓，都沒能參透這個墓道的機關。

我有些感嘆地深吸一口氣，小心地繞過那些骷髏，來到銅綠的大門前。大門似乎是純銅打造的，浮雕著獸頭和雲彩的圖案，想必當初是金碧輝煌的。

「咯吱吱——」我用打鬼棒在上面劃了一下，剝落下一些綠色銅銹，發現大門銹蝕得厲害，整個門似乎都被氧化透了，一腳就能踹開。

但是我沒有去踹門，因為，這門後的世界並不是我要去的地方，我誤入這條墓道，只不過是想找回二白而已，而不是想來盜墓。

想到二白，我又覺得有些不對勁。在我進入墓道的時候，還見到了二白，現在我已經破解了機關，為什麼還是找不到二白呢？

我在狹窄的甬道中來回找尋，還是沒有找到牠的蹤跡，卻在甬道一頭看到了一個讓我心痛的情景。兩具纖瘦小巧的骷髏緊緊地抱在一起，蜷縮在牆角，那應該是兩個小孩子。這麼小的孩子，想必不是來盜墓的。

我又來到石門前，將石門拉開，走出之後，又將石門關上。

我猛然感到一陣短暫的眩暈感，就好像坐著旋轉木馬時突然加速，被甩到了另外一個地方。

待到眩暈感過去之後，我重新睜開眼睛，發現四周已經是一片光亮。原來我在墓道裏轉悠的時間太久了，此時天色已經大亮，日頭早已經升到了頭頂。

我站的地方，正是那條峽谷裂縫，一回頭望去，就看到了那個獨眼石人的雕像。我走出了峽谷裂縫。沒走幾步就聽到一陣腳步聲，我抬頭一看，是鬍子他們。

「哥哥，你跑到哪裡去了？怎麼我們一直找不到你？」冷瞳擔心地問我。

「沒什麼，遇到了一點怪事，你們都沒事吧？」我問道。

「我們當然沒事，你跑的時候踢了我一腳，當時我犯睏，還以為你在跟我開玩笑，就沒起來，結果到天亮才發現你不見了。當時我十分悔恨，冷瞳妹子把我罵了大半天了。幸好你自己回來了。」鬍子走上來，對著我的衣服嗅了嗅：「土腥氣，還有霉爛氣，你小子又鑽到古墓裏去了吧？到底遇到什麼事情了？」

我皺眉道：「遇到一個很怪的古墓，不過我不是故意去鑽的，我是去追二白的。到現在還沒追到呢，不知道跑到哪裡去了。」

他們都愣了，疑惑地看著我：「你不會是撞邪了吧？」

「什麼意思？」我也一愣。

「二白一直和我們在一起啊，你追個什麼勁？」鬍子不解地問道。

「不可能，我親眼看到牠跑了的。」我非常堅定地說。

鬍子轉身打了聲呼哨，二白的身影很快就向我們跑了過來。我懊惱地蹲下身，皺眉沉思起來。

「大同，到底怎麼了？」玄陰子神情有些凝重地問我。

「咱們一邊吃飯一邊說，我折騰了大半夜，餓了。」

吃飯的時候，我將夜裏遇到的事情給他們講了，他們也大為不解。

鬍子聳肩道：「這事是挺離奇的，我還是第一次聽說這種機關。不過嘛，這事和咱們沒有什麼關係，現在咱們只要進這個門就行了。」鬍子指了指昨天挖出來的那堵獨眼石門，「咱們只要幹正事就行了。」

「可是，我總覺得這裏面透著邪氣。我遇到的那個古墓入口，和咱們要進的這堵石門是一樣的。我覺得這兩個墓門的內部應該是差不多的。我們進入這堵石門之後，說不定也會遇到那座古墓的情況。」我皺眉道。

「那不是更好嗎？你已經找到了破解機關的辦法。再說了，你不是說這堵石門有人進去過嗎，那咱們就一定能出來啊。我用個炸藥包把這石門給爆開，進去把東西拿出來就結了。」鬍子早就拿定主意了。

我上前去推了推石門，紋絲不動。我們回到車上取來撬棍，還是沒能撬開。

鬍子把撬棍往地上一丟，說道：「還是要用炸藥吧。」

「我們再想想辦法吧，你這樣做太暴力了，破壞古蹟。」我皺眉道。

「你拉倒吧。」鬍子往車子走去，真去準備炸藥包了。

我走到石門前仔細看，發現石門的位置比之前那堵石門略高一點，石門的下沿與地面之間有半拳高的空隙。

我趴到地上，從空隙往裏看，發現石門後面有什麼東西。也就是說，這堵石門之所以打不開，是因為門後有東西頂著。而這扇石門當年那些科學家曾經進去探查過，背後又怎麼會有東西呢？這實在太詭異了。

鬍子已經把炸藥拿了過來，準備進行爆破。沒有其他辦法了，我也只好默許了他的行為。

我們向後撤了一段距離，躲在一塊風化的葉岩小丘後面，鬍子放好炸藥後，用菸頭點著，轉身跑了過來，和我們一起躲好。

「轟隆」一聲巨響，我們震得頭腦發脹、耳朵發疼，腳下的沙地都晃動了一下。漫天石雨往下落，我們把背包頂在頭上，等了一會兒，發現沒有什麼異樣，這才往石門走去。

現在整個石門都被炸碎迸飛了，只有一個黑色大洞，還在冒著縷縷青煙，一股混合著火藥味的霉爛氣息飄在空氣中。

我們感到疑惑的是，在碎石紛亂的洞口處，散落著很多白色骨渣，而且，有一條完好的人腿居然直愣愣地伸了出來，就像要把我們都踹飛了。

那條人腿上還穿著褲子，可是布料早已風化了，風一吹，立刻碎成一縷縷布條，掛在小腿上。那個腳上沒有鞋子，腳掌的形狀看得很清楚。那是一隻乾瘦乾瘦、膚色發黑的腳，皮包骨頭，有很深的褶皺，如同枯樹皮一般。

「咯吱——」那條人腿發出輕微的響聲，接著，小腿掉到了地上，砸到一塊石頭上，跌得皮肉灰飛，露出了裏面的白色腿骨。

「是乾屍。」我確定了情況。

「進去看看，要小心。」玄陰子眉頭一皺，揮了揮手。

「大同，咱們上，你們兩個在這兒等著，如果有機關，免得一起陷進去。」鬍子一拉槍栓，端著那把步槍，向洞口靠過去。

「你端著槍幹什麼？難不成這裏頭還有活物不成？」我覺得鬍子的舉動有些可笑。

「這可說不定，這個地方邪乎著呢，說不定有怪物。」鬍子嘿嘿一笑。

「就算有，也被你炸死了。」我微微彎腰向洞裏看。

洞裏居然不是洞穴和通道，反而是一處碎石瓦礫堆。瓦礫堆的高度比洞口略低，露出了裏面黑洞洞的空間，而在瓦礫堆的半腰，就是剛才那條乾屍的腿伸出來的地方，還有一截斷掉的大腿骨。

鬍子有些迷糊了：「乾屍怎麼在這兒？」

「不知道，我們把這些石塊移開看看。」我們取下工兵鏟，費力地挖了一陣，把那堆瓦礫清除了大半。

我再次抬頭向裏看去：「青銅棺？」

我們面前有一口厚重的綠色青銅棺材，青銅棺的一端正好頂在石門背後，被炸了個大窟窿。而且，經過了爆破和碎石的衝擊，青銅棺卻沒有移位，這也說明，這口棺材是相當沉重的，很可能裏面裝了很多東西。

而那條人腿，應該是由於青銅棺被炸開了，從棺材裏面甩出來的。

「這是什麼味道？」

我們很快就聞到一股非常怪異的味道，似乎是鐵銹味，又像是發酵的中藥，我感到一陣眩暈。

「有毒，退後！」我拉著鬍子趕緊後退，揮手對玄陰子和冷瞳喊道：「有毒氣，你們去把防毒面具拿來。」

「怕什麼啊？咱們還能怕這點氣味嗎？」鬍子嘲笑我道。

「我的意思是他們進不去，要戴防毒面具才行。」我訕笑道。

鬍子將槍扛在肩上，低頭彎腰道：「你聽聽，這裏面是不是有什麼聲音？」

「是有聲音，我早就聽到了。」

「像是蟲子在爬，一大堆蟲子。」鬍子皺眉道，「不會又是大馬蜂吧？」

「不是，這次是地上爬的，你看，來了。」黑色的洞口中，猛然湧出了一股黑色水流一般的東西，仔細一看，那是成團的黑色蟲子。那些蟲子都沒有翅膀，全身烏黑帶黃，齧齒巨大，六條長腿扒動著沙子，向前飛速爬動。

「這裏交給你了，我的子彈可打不動牠們。」見到洪水一般的蟲流，鬍子不覺臉色大變，怪叫一聲，扛著槍就向後跑。

我立在原地，抽出陰魂尺，屏氣凝神，手心滲出一股精氣，釋放出一片陰尺氣場，直向滾滾蟲流揮去。

「呼啦！」又黑又大的蟲流遭遇陰尺氣場之後，猶如遭到勁風吹捲一般，瞬間潑灑開來，落下滿地蟲屍。

我連連出擊，四下揮舞，秋風掃落葉一般，將湧出洞口的蟲子全部誅滅在距離洞口不遠的地方。洞口堆起一尺來高的蟲屍，不過，那些蟲子還在源源不斷地湧出來。

我拉開架勢，對那些蟲子進行毫不留情的殺戮。鬍子站在離我不遠的地方，忍不住拍著手掌大聲叫起好來。

「什麼情況？」玄陰子和冷曈好奇地趕了過來。玄陰子一看地上的蟲子，立刻面色一沉道：「大同，要小心，這是屍蟲！」

「屍蟲怎麼了？不是照樣都滅掉了嗎？屍蟲只吃屍體，咱們可是大活人，它們拿咱們可沒轍。」鬍子撇嘴道。

我卻是一愣，迅速思考起來。屍蟲是專吃屍體的蟲子，只會出現在死去不久的屍體上，古墓裏不會見到這種蟲子。墓穴裏雖然有屍體，卻是用結實的棺材盛放著，甚至連氣息都不會洩露出來，屍蟲根本就沒有存活的條件。

可是，在這處墓穴之中卻有這麼多屍蟲，說明了什麼？唯一的解釋就是，這裏有大量新鮮腐屍。

這樣一來，情況就很詭異了。這裏是沙漠深處，方圓數百公里內都沒有人煙，古墓之中又怎麼可能有活人或是新鮮屍體呢？

玄陰子沉吟著，面帶猶豫，似乎想說什麼，最後卻搖搖頭，否決了自己的推測。

我有些著急了，問道：「這到底是怎麼回事？」

「這個我也不清楚，不過，這裏有這麼多屍蟲，就肯定有蟲王。蟲王可是長著翅膀的，行動敏捷，你不要著了牠的道。如果被蟲王叮了，蟲卵會鑽進皮肉裏。」玄陰子提高聲音道。

我不覺一愣，立刻想起，屍蟲也和蝴蝶一樣，要經歷幼蟲階段，而屍蟲的幼蟲形態，是如同蚯蚓一般在人的皮肉中鑽騰的。

我死死地盯著墓道洞口，提防著蟲王的出現。這時，不停向外湧動的蟲流突然停下了，四周變得一片死寂。

蟲流結束了，卻依舊沒有見到蟲王，這不覺讓我更加焦急和疑惑。

「哎，我說大同，你確定你找的地方是對的嗎？這墓道裏有這麼多古怪，是不是找錯地方了？」鬍子問道。

我也有些疑慮，現在這個墓穴，與資料上所說的情況相差甚遠。何況，就在昨天夜裏，我還在那峽谷中見到了另外一堵一模一樣的石門。

也就是說，在這個墓葬群中，其實不止一個墓穴的入口是獨眼石門，而是有很多獨眼石門。那可就麻煩了，到底哪一個才是我們要找的石門呢？

「鬍子，過來！」

「幹啥？」鬍子跑到我的身邊。

「咱倆一起把這個洞口堵上。」我用工兵鏟鏟起石塊，往洞口堆。

「你這是幹什麼？好不容易才炸開的，怎麼又要堵上？」

「這個門肯定是錯的，我們要找的墓穴裏沒有活物，這裏不對勁，我們先把它堵上，再去找別的地方。」我說道。

「好吧，聽你的。」鬍子也拿出工兵鏟，跟我一起忙活起來。

突然，「撲撲撲——」一片聲音傳來，我們回頭一看，先前被我用陰魂尺殺死的屍蟲屍體，居然一個個地炸散開來，變成了灰色粉末。

我們都傻眼了，雖然屍蟲發生的異變對我們沒有什麼傷害，可是我們還是感到疑懼。

「這個墓道確實非同尋常。」我思索了一下，一咬牙道：「準備探照燈和防毒面具，我倒要看看，這裏面到底是個什麼情況。」

「又要進去了？」鬍子已經被我弄糊塗了。

「要進去，就得先把青銅棺移開啊。」玄陰子皺眉道。

「這棺材一看就很重，我們弄不動的。我們沿著頂上挖，上面還有空間，再挖開一點，應該就可以過人了。」我已經走到洞口，開始在洞口的上沿挖起來，鏟下不少沙石，迷得眼睛都睜不開了。

「哎，真笨，你讓開，看我的。」鬍子先在洞口壘砌了一方石凳，然後站在上面，揮舞工兵鏟對著石洞上沿一陣猛鏟，很快就把青銅棺上方的縫隙擴大了將近一米。

「好了，差不多了。」鬍子拍拍手，「要不我和你先進去，老爺子和小冷在外面等著？」

「好。」我轉身看了看冷瞳和玄陰子，卻發現他們都是一臉不屑的神情。

玄陰子自然不會對墓道有什麼恐懼，而且他也不服老，所以他肯定要跟著我們一起進去。至於冷瞳嘛，她也要一直跟著我。

「那大家準備一下，都小心一點。」為保險起見，我還是戴上了防毒面具，大家一人拿一個探照燈和對講機。

我率先來到洞口，扒著青銅棺的上沿向裏爬。這是我第二次從棺材上面爬過了，我唯一有點擔心的，就是洞口裏會有什麼活物，突然衝出來咬我一口。所以，我手裏緊緊捏著陰魂尺，時刻提防著意外狀況。眼看著就要爬到盡頭了，我一抬頭，突然見到墓道的深處似乎有一個黑色影子，而且旁邊還有一盞正在燃燒的青燈！

我的腦子有些短路了，還以為自己出現了幻覺，但是仔細一看，那確實是一盞正在燃燒的青燈。

我跳下青銅棺材，和外面的鬍子招呼了一聲，就一路小跑來到那盞青燈下查看。那是一盞圓口曲柄、掛在墓壁上的古式青銅燈，略顯白色的火焰微微跳動著。

我踮起腳尖，向燈口裏看去，才明白是怎麼回事。

原來，這是一盞長明燈。燈口裏放著的燃料是一種類似白磷的油脂，經風一吹就會燃燒。這盞燈之所以這個時候亮起來，是因為我們炸開了墓道，新鮮的空氣透了進來。

我鬆了一口氣，借著燈光和額頭上的探照燈光，看到墓道有近一丈寬，頂壁也比較高，簡直可以過卡車了。

墓道的兩側都是巨石壘砌的石牆，上面有很多古樸奇特的浮雕，鳥獸蛇蟲、騎馬打獵，可以大概看出墓主人當年的生活狀況。墓道的地面用長條石鋪成，很堅固，四平八穩的。墓道頂壁上有一些斑駁的壁畫，是祥雲和日月星辰的圖案，畫得很美，可惜所用的顏料不是很好，都變色了，有的脫落了。

墓道很長，一眼還看不到盡頭。我沒有貿然向裏走，就站在長明燈下等著鬍子他們。

突然，我的背後有一陣陰冷的風吹來，接著聽到了有人在說話。

「先用三重積分，然後以多維空間，結合廣義相對論的概念，重新構造六維空間……」

我驚得汗毛都豎了起來，全身出了冷汗。我雖然見過鬼，可從來沒聽過鬼說話，特別是這麼清晰又複雜的話，聽起來這就是有人正在進行數學演算。

我緩緩轉身，向墓道的深處望去，赫然看到一個男人正在墓道裏走動。他穿著灰白色衣服，上身襯衫有些破舊，腳上是布鞋，背有些駝，他一手捧著一本書，一手拿著一枝筆，在半空中比畫著什麼。

我擦了擦眼睛，又瞇眼看去，發現那個人身上並沒有黑氣，也沒有冷光。當我站直身，睜大眼睛看過去時，依舊可以清晰地看到他的存在。

那個身影距離我不到十米，看起來那樣真實，我甚至可以看到他衣服上的褶皺。也就是說，這個人並不是鬼魂，他就是一個大活人。

可是，在這樣的墓道中，又怎麼可能有活人呢？而且，還是做出這種舉動的活人。這簡直比看到死人還恐怖！

「喂！」情急之下，我對著那個人的背影喊了一聲。

可是，那個人卻像完全沒有聽到，繼續走動著，然後在墓道的底部一轉彎，消失了。

這時，鬍子他們陸續進來了，我立刻跟他們講了剛才見到的情景。

「你是不是精神壓力太大，產生幻覺了？」鬍子半信半疑地問道。

「我現在很清醒，絕對不是幻覺，不信等下你們自己看。」我很堅定地說。

「噓——」冷瞳對我們噓了一聲。我們一起抬頭向她看去，發現她正靜靜地看著墓道深處。

我們一起望過去，不覺呆住了。墓道深處再次出現了人影，而且不是一個，而是兩個，這兩個人正在打架。

那兩個人，一個是二十來歲的年輕人，另一個是四十來歲的中年人，身上都穿著灰色中山裝，戴著眼鏡。他們扭打在一起，互相拳打腳踢，甚至動起了刀子，互相捅得血光淋漓。

讓我們感到不解的是，雖然他們毆打的動作很大，我們卻一點兒也聽不到他們動手的聲音。我們就像在看無聲電影一般，這種感覺詭異到了極點。

「乖乖，要出人命了！」就在那名年輕人把中年人推倒在地，舉起手裏的刀子連番向下捅去的時候，鬍子忍不住了，抬腳就向前走。

「你幹什麼?!」我一把拉住了他。

「把他們拉開啊。」鬍子說道。

「拉什麼？他們不是活人。」我皺眉道。

「你什麼意思？這不是看得真真的嗎？我都能看到了。」鬍子更糊塗了。

「他們沒有發出聲音，這是不是很奇怪？」我問道。

「是很奇怪，這到底是怎麼回事？」鬍子很心急。

這時，前方突然傳來一個撕心裂肺的慘叫聲：「救命啊！」

我們猛然向前看去，正看到一個渾身血污的人在地上爬著，對我們招著手，似乎想讓我們去救他，而在那個人的身後，先前的那個年輕小夥子正拿著刀對他的脊背一刀刀地捅下去。

「這次是真的了吧？他們肯定是另外一夥盜墓的人，從別的入口進來的，現在分贓不均，自相殘殺了。還不快點給老子住手！」鬍子怒吼一聲，抬起自動步槍就衝了上去。

就在鬍子快要跑到那兩個人跟前時，一陣尖厲的磨牙聲響起，然後，那兩個相互殘殺的人瞬間消失不見了。

「咦？他奶奶的，這下真見鬼了，邪門了！」鬍子驚得一個哆嗦，向後撤了好幾步，警覺地看著四周。

「哥哥，這到底是怎麼回事？為什麼他們突然不見了？」冷瞳也很好奇。

「這肯定不是鬧鬼，這兒沒有什麼陰氣。這種情況，和幻覺有些相似，不過我也不知道到底是什麼。」

「算了，既然沒法解釋，那我們就過去看看到底有什麼機關，說不定這是有人在搞鬼。」鬍子按捺不住心中的好奇。

我皺了皺眉頭，看了看玄陰子，問道：「你是不是想到了什麼？」

「現在還不確定，咱們先過去看看吧。」

我們小心翼翼地沿著墓道往下走，一直來到剛才那兩個人互相殘殺的地方，把墓道查看了一番，也沒有發現什麼異常情況。

我們又來到墓道的拐彎處，那裏有一條和前面一樣的甬道，並沒有什麼特殊的地方。

按照盧朝天給我的資料，當年整個科考隊都進過這個墓道，所以，這裏即便有機關，也應該都就被清除了。墓道看來並沒有什麼危險，但是，剛才的情況沒有弄清楚，大家心裏都有些沒底。

玄陰子掏出了指北針，晃了晃，忽然笑了起來。

「怎麼了？老爺子，你是不是嚇傻了？」鬍子驚愕地問道。

「不，我還沒這麼膽小呢。」玄陰子手掌一攤，「看看這指北針，有沒有發現什麼？」

我們都好奇地向他手裏望去，果然發現了異常。此時，指北針的針擺不停地顫動著。

「知道這是怎麼回事嗎？」玄陰子笑問道。

「這是不是說明，這墓道裏有一些未知的磁場？」我疑惑地問道。

「不錯，我猜測，這墓道的石壁應該都是磁石，剛才我們看到的那些人影，想必是當年墓道裏發生過的事情。磁石石壁就像三D立體攝影機一樣，將發生的事情記錄了下來，正好在我們進來時播放了出來。這墓道中可能還隱藏著某種未知的能量，正好我們的行動開啟了這種能量，從而觸發了石壁記錄的資訊。」玄陰子解釋道。

大家心裏雖然還有些疑問，但是也只好先把這件事情放在一邊，繼續往下走。唯一可以肯定的是，確實曾經有一支科考隊進入過墓道，並且發生了一些不尋常的事情。所以，再往下走，我們很可能有危險。

第一一〇章

# 靈魂不滅定律

人死了，還能復生嗎？
這個答案，我不知道，也沒有人能夠知道。
或許，肉體無法重生，靈魂卻是不滅的。
泰岳到底是活人還是死人，我不知道，也不需要知道。
我只知道，他此刻活得很幸福。這就足夠了。

我們又走了幾十米，就見到了一扇長滿綠鏽的青銅墓門。這與我之前見過的墓門非常相似，上面隱約可以看出祥雲和龍鳳的圖案，青銅門已被腐蝕了大半。

我們上前細看時，才發現門並沒有關緊，左右兩扇門之間大約有十釐米的縫隙。

鬍子性急，而且天生膽大，上前就推開其中一扇門。

「吱呀」一聲，青銅門緩緩向後打開。我們一起向門後看去，突然一片紅白相間的顏色映入眼簾，嚇了我們一跳。

原來，門後懸掛著一道紅白相間的布簾，下沿離地面有一米高，門簾的下沿出現了兩隻人腳，穿著非常精美的繡花鞋。

我們互相對望一眼，心裏都有些驚愕。很明顯，門簾的後面正吊著一個女人，那兩隻腳很小，不到二十釐米長。

還是鬍子大膽，他用手裏的自動步槍一挑簾子，彎腰側頭向後看去。

還沒等我們問出聲來，鬍子已經一哆嗦，撤身縮了回來，面色煞白地說道：「大同，你去看看，那個女人穿著紅衣服，看起來像是結婚的樣子。」

我皺了皺眉，也上去掀起門簾。一看之下，愣了好幾秒鐘才反應過來。門簾後面果然吊著一個女人，只是這不是真正的屍體，而是一具由皮革和棉絮精心製作的皮囊假人。假人做得很逼真，臉上描畫著清晰的五官，臉孔向下望著，兩隻眼睛黑漆漆的。

「好了，是個假人，鬍子你這個笨蛋。」我伸手抓住假人的小腿，猛地向下一扯，拉斷了吊著假人的繩子，將假人拖了出來。

「哇哈哈哈——」一陣尖厲的女人笑聲突然從假人的口裏傳來，緊接著，假人居然渾身亂抖，自己動了起來，儼然一個抽瘋的活人一般。

我嚇得手一下縮了回來，向後撤退。

「完蛋了，詐屍了！」鬍子端起槍，瞄準假人就是一梭子子彈打了出去。

「砰砰砰——」子彈打到假人身上，崩起一片煙塵和棉絮碎屑，假人被打得翻了好幾圈。

假人倒是不再動彈了，也不再發出尖叫了。而且，由於假人的皮囊被子彈打破了，裏面填充的棉絮枯草都露了出來。

「奶奶的，真是假的？」鬍子不解地摸摸腦袋，上去把假人翻過來。

我們發現，假人應該不是墓主人安放的，而是進來的科考隊放在這裏的。因為，假人裏有一個答錄機，裏面還有電池，剛才的怪叫聲就是答錄機放出來的。答錄機的開關和吊著假人的繩子相連，剛才我一扯，答錄機的開關就被打開了。而假人之所以會動，是因為體內裝有驅動裝置，只要答錄機一打開，就會搖晃顫抖。

我們不明白的是，為什麼科考隊的人要弄這個假人。難道說，他們是想保護墓葬，不讓盜墓者進入墓門嗎？

帶著這些疑問，我們進入了後面的墓道。還沒有走出多遠，一個巨大的地下空間就出現了。

而當我們看清楚地下空間的情況時，不禁大吃一驚。

這是一個直徑上百米的圓形盆地。看不清盆地到底有多深，裏面有什麼，只看到盆地中佈滿犬牙交錯的峰石，峰石之間還生長著一些顏色灰暗的植物。植物有的是藤蔓狀的，有的如同松樹一般挺立。

在我們的腳下，有一條長滿青苔的階梯，一路通到盆地之中。

距離我們不遠的地方，還有另一條向盆地通去的階梯，而且那個階梯後面的石壁上，也有一個黑色洞口。

我們可以猜測得到，那個洞口之中，也有一扇銹蝕的青銅大門，而再往外走，肯定也有一道獨眼石門。這個地下盆地並非只有一個入口，或者是出口。

我總算明白了，為什麼我們所發現的兩扇獨眼石門都沒有被破壞過的痕跡。很顯然，當年科考隊並不是從我們見到的石門進來的，他們是從其他獨眼石門進入這個地下盆地的。

這片地下盆地隱藏著巨大的秘密，而且這裏還有沙漠之中最為稀缺的東西——水。如果沒有水，就不會有那麼多植物在這裏生長。

我猜測，在遠古時候，這片地下盆地想必是這片沙漠的取水之處。而這個盆地中央，很有可能就是一口水井。後來，有人把水源據為己有，封存在自己的墓穴之中。

我們站在盆地邊上，拿著探照燈查看，看到在盆地最中央，有一座微微隆起的饅頭形狀的青石山。青石山上長滿青苔，還有墓碑和石人，一看就知道，這才是真正的墓葬所在。而且，在青石山四周，還有一些破舊的帳篷，這肯定是那支科考隊留下來的。

也就是說，我們此次要找的那部神秘機器，肯定隱藏在這個盆地中的某個地方。我們互相對望著，心情都很緊張興奮。

我們端著武器，打著探照燈，沿著石頭階梯一路向下走，進入了盆地。

讓我們感到慶幸的是，盆地之中那些不知名的植物並沒有毒性和攻擊性。我們踩著濕軟的地面，繞過石林，來到盆地中央，進入了科考隊的營地。

這個墓葬的形制非常簡單，是由石頭壘砌而成的，墳墓前豎了一塊石碑，左右兩側有兩排石人和石馬。

古墓並沒有被挖開和毀壞的跡象。看來，那部神秘的機器並不是從這個地下古墓裏挖出來的。那麼，不管我們能不能找到那部機器，都沒有必要去破壞這座古墓了。

科考隊的帳篷有十來個，帳篷的帆布都已經腐朽了，用手一戳就碎了。他們當年之所以留下這些帳篷，想必是從這個地下盆地中找到不少寶貝，把車子都裝滿了，沒有多餘的地方放這些帳篷，就把帳篷都丟在這裏了。而且，他們肯定也帶走了部分帳篷，留下的只是一小部分。

我們很快就發現，當年撤離的時候，這片地下墓地進行過恢復原狀的處理，把他們在這裏活動過的痕跡都給清除掉了。再加上地下盆地中氣候潮濕，青苔滋生，經過這麼多年，更看不出什麼痕跡了。

「總算找到地方了，接下來就是要找找看，他們到底把那個東西埋在哪裡了。」玄陰子說道。

我這才明白，原來那個資料上所說的「深埋掩藏」，並非是指埋藏在沙子底下，而是指在這片地下盆地之中。

我無奈地嘆了一口氣：「這麼大的地方，我們想找的話，可能要費些力氣了。」

「那能有什麼辦法，既然他們掩埋了，那塊地面肯定就和別的地方不一樣。被挖過的地面，一般都會有一點塌陷，比周圍的地面要低。」鬍子開始查探去了。

我點了點頭，對玄陰子和冷瞳說：「鬍子說得沒錯，特別是在這種潮濕的地方，我們就重點找窪地。」

我們分散開來，我走進一處植物茂盛的石林之中。

我們進來的時候，盆地之中很安靜，幾乎有一種世外桃源的感覺。在這麼乾燥荒蕪的沙漠之中，突然進入一個潮濕陰涼的地下空間，當然會感到心曠神怡，渾身舒適。我們就都沒有去注意周圍的環境，看看到底有沒有危險存在。

可是，我們犯了一個致命的錯誤。這種陰涼濕潤的地方，其他動物自然也非常喜歡，牠們肯定會找到這裏，然後把這裏當成自己的地盤佔領下來。

我們進入獨眼石門墓道的時候，曾經有一股凶猛的蟲流，這也說明，這片地下空間絕對不像表面看起來那麼平靜。這裏不但有東西，而且還有很多凶猛的東西。

我們找了半天，都沒有找到可疑的地方。因為盆地的地面很潮濕，甚至還有水溝和沼澤，這就給我們的探查工作帶來了困難。

我們只好又回到墓碑前，商量著對策。

「這個古墓是整個地下盆地的中心，按理來說，這裏的一切應該都和它相關聯。」鬍子繞著古墓轉了起來。

突然，一陣低沉怪異的聲音從盆地的一個角落傳來。

我們都是一怔，立刻聚集到一起，向那個方向望去，四盞探照燈的光束掃向那邊的石林和植物叢。

「剛才那個方向誰看過？」我問道，「有沒有發現那邊有什麼問題？」

「我去過。」玄陰子低聲說道，「不過那邊的植物比較厚密，我沒有走到底，只在周邊簡單地看了一下，發現再往外都是沼澤地。」

那一片植物叢晃動起來，一會兒之後又安靜下來，沒有了動靜。

我們剛鬆了一口氣，就聽到「沙沙沙」一陣急促的聲響，植物叢猛地動了起來，緊接著，一大片黑壓壓的蟲子從裏面漫溢出來，如同洪水一般向我們衝來。

「是屍蟲！」我第一時間看清楚了那些蟲子的模樣，不覺將大家護在身後，抽出了陰魂尺，迎著蟲流衝了上去。

就在我衝上前去，剛要和那些屍蟲決一死戰的時候，那些屍蟲突然四散開來，鑽進了周邊的植物叢中不見了。我還沒有反應過來，植物叢再次晃動，無數比兔子還大的碩大黑色老鼠成群結隊地狂躥出來。

「嘰嘰嘰嘰——」大老鼠衝出來時發出一陣尖叫，驚慌失措地四下竄逃，似乎後方有很凶猛的獵食者在追趕牠們。

我們驚魂未定地後撤了一段距離，縮身躲在墓碑後面，靜靜地盯著前方的植物叢。

這時，一條二十來米長、水桶一般粗大、全身滿是污泥的黑色巨蟒游動了出來。

「嘶啦——」巨蟒一仰頭就向我們的方向衝過來。

「動手！」鬍子端起自動步槍就是一陣猛烈射擊。

玄陰子和冷曈也掏出手槍對著蟒蛇一通亂打。我也拿起雙管獵槍，一槍一槍地打著。

「嘶啞呀呀——」黑色巨蟒想必在這個地方沒有天敵，安逸的時間太久了，所以牠想不到會有什麼東西能對牠構成威脅。我們這一番射擊，很快就把牠打懵了。

蟒蛇身上厚重如鐵的鱗片被打得片片紛飛，血肉模糊，血染沼澤地，巨蟒扭曲著身體，調頭逃進植物叢，很快消失了蹤影。

「哈哈哈，搞定了。」鬍子把自動步槍往肩上一扛，得意地大笑起來。

我們卻聽到一陣「撲通，撲通——」的聲響，從植物叢後面傳來。先前拚命逃竄的那些碩鼠，一起向著植物叢後彙集過去，很快也消失了。

我們對望了一眼，大約明白發生了什麼事情。想必，那些碩鼠被那條巨蟒欺負太久了，現在巨蟒被我們打傷了，那些碩鼠就一擁而上，將巨蟒給咬死了。

我們等到四周又安靜下來時，才繼續四下探查，這一次我們不敢分散開來了。

我們沿著植物叢又探查了一圈，來到了那條巨蟒出現的地方，我見到了一股非常濃重的黑氣，也在空氣之中嗅到了一股血腥惡臭的氣息。

「這後面有情況。」我皺眉低聲說道，率先上去撥開植物叢，踩著濕軟泥濘的地面，向著植物叢後面走去。

當我們穿過植物叢時，面前橫著一條黑色的臭水溝。這條臭水溝不足五米寬，一側是豎直的石壁，另一側延伸到我們腳下。

在探照燈的光線下，我們先是看到了巨蟒的屍體，屍體四周圍滿了渾身泥濘的碩鼠，正在啃噬蛇肉。在牠們的周圍，遍佈著一些腐臭的青色屍體。

那些屍體似乎已經死了很久，卻不知道為什麼沒有完全腐爛。屍體堆滿了整個臭水溝，而那些碩鼠就是借助屍體的支撐，這才沒有沉到水中。

在那些沒有被碩鼠佔領的屍體上，爬滿了厚厚一層黑色屍蟲。我們這才明白，先前那些洪水一般的屍蟲是從哪裡來的了。原來，這裏就是牠們的老窩。

這些屍體就是那些屍蟲的食糧。牠們就是因為這些屍體才大量繁殖起來的。碩鼠以屍蟲為食物，巨蟒又以碩鼠為食物，一條食物鏈就這麼形成了。

現在，巨蟒被我們打傷了，碩鼠把巨蟒給咬死了。我們無意間打破了這裏的生態平衡。碩鼠正忙著進餐，根本沒有注意到我們，牠們雖然對我們有威脅，目前還沒有危險。我們要儘快找到那部機器，趕緊離開這裏。

冷瞳忽然轉身向盆地的中央走去。

「冷瞳，怎麼了？」我連忙跟上去問道。

「哥哥，我想到了一個事情。」冷瞳來到古墓前，「我想我可以看看這古墓裏到底有什麼。」

我恍然大悟道：「對了，你可以試試看。」

「不會有什麼危險吧？」鬍子和玄陰子也跟了過來。

「應該沒有什麼問題。」冷瞳閉上了眼睛，抓著我的手，皺起了眉頭。

我微微瞇眼向前看去，見到一個淡淡的女孩身影走到古墓邊上，然後消失在古墓之中。

良久，冷瞳才回過神來，有些疲憊地轉身對我們說道：「裏面沒有棺材，也沒有屍體，是一個很奇怪的設施。」

「既然是墓地，又沒有埋人，你要找的那部機器應該就在這裏面。我看這古墓就是個幌子，就是用來保存那部機器的。嘿嘿，這好辦，我這裏還有一個炸藥包呢。」鬍子從背包裏掏出一個炸藥包，又要進行爆破。

「不用爆破，機關就在墓碑上，把墓碑旋轉一個角度，古墓就會打開了。」看透古墓結構的冷瞳說道。

「妹子，你可真是神人！」鬍子扳著墓碑，用力一擰。

果然，「咯吱吱」一陣響聲之後，饅頭形的古墓外壁分成了好幾瓣，如同巨大的蓮花一般綻放開來，露出了內部結構。

我們抬眼看去，裏面果然沒有棺材，只有一座石頭壘砌的平臺。平臺約有半人高，四角有四條青銅鑄的虬龍。

青銅虬龍滿身綠鏽，牠們的頭伸向平臺中央，四條龍頭彙聚之處，環拱著一隻暗金色的淺口大盤子。

大盤子的直徑有一米左右，在大盤子中央，有一個小塔一般的東西。那東西上面蓋著黑布。

「是這個東西了吧？」鬍子愣了一下，問道。

「應該就是了。」玄陰子的心情也有些激動。

「都別動，小心有問題，你們在這兒等著，我過去看看。」我深吸一口氣，一手拿著探照燈，一手緊捏著陰魂尺，來到大盤子邊上。

那個大盤子的高度到我的胸口。我拿著探照燈向四下一照，確定沒有什麼危險之後，這才伸出尺子，輕輕地將那塊黑布挑開。

黑布揭開的一瞬間，一片炫目的銀黃色光芒照亮了整個地下空間。我微微閉眼，適應了強光之後，才看清楚，盤子裏放著一個兩尺高、圓錐形的東西。

那個東西的底座是圓的，頂端分叉呈爪狀。這個東西看不出是用什麼材料製造的，流光溢彩，無數光紋在物體上方流轉，就好像組成物體的物質在不停流動一般，感覺很神奇。

他們忍不住一起走到我身邊來觀看。

「是不是這個東西？」鬍子問道。

「不知道，不過，這肯定不是普通的東西。」我皺眉道。

「哥哥，你看，這是什麼？」冷瞳指著圓錐體的另外一側。

是一截羊腿骨！我馬上想到了資料上的記載，立刻確定了，這個圓錐體就是那部神秘的機器！

我興奮得一下子跳起來，緊緊抱住了冷瞳。

我們很快發現，這部機器的主體就是這個圓錐體，其他部分是分離的，我們只要這個圓錐體就可以了。

讓我們感到意外的是，圓錐體輕得如同不存在一般，幾乎沒有重量。

我從背包裏找出一塊帆布，將這個機器妥善包好，就撤離了這個墓穴。

當我們從地下出來，發現天色剛剛擦黑。這一次真是出奇的順利，一天時間不到，事情就都搞定了。這多虧了冷瞳，如果沒有她的出色能力，我們不知道要費多少力氣。

我們走出峽谷，來到車子旁，就聽到車子裏傳來尖叫聲，嚇了我們一跳。

原來，鬍子擔心二白跟著我們一起進去會帶來麻煩，就把二白拴在車子了。幸好我們及時回來，如果我們停留了很久，二白說不定會餓死了。

我們快馬加鞭地趕回了北城。我立刻把玉嬌蓮、陳邪、鬼手等人都找過來，安排了下一步計畫。我準備再次返回九陰鬼域，用那部神秘機器消除雷鳴電網。

這一次，玉嬌蓮要準備直升機和小型滑翔機，組織一支飛行隊。

我們回南城去探望了姥爺。姥爺現在的病情還算穩定，還可以再撐一段時間。

我還去了馬凌山，想看望泰岳夫婦，卻發現他們並沒有回來。

我找到吳農穀，詢問當時的情況，他說泰岳夫婦在烏齊市就和他分手了，他也不知道他們去了哪裡。

我不禁有些悵然，泰岳夫婦就這麼失去聯繫了，我不知道他們是故意躲著我，還是在哪裡有事耽擱了。我又去見了林士學夫婦，和二子喝了幾次酒。

一個月後，我回到北城，帶領著飛行隊向宏遠縣出發了。

我直奔水井鎮，找到了當初我駕駛著那架小型滑翔機逃出來的大裂谷。大裂谷沒有什麼變化，依舊是陰風陣陣。

我們向裂谷中飛進去，很順利地突破了龍捲颶風層，來到龍捲颶風與雷鳴電網的失重夾層中。

我們用飛機和滑翔傘搭了一個平臺，豎起一根很長的導線。導線的一頭連接著那部神秘機器，另一頭由一個小型火箭推進器牽引著，靠近了閃電網的邊緣。

「喀嚓——喀嚓——」一陣震響，一道刺目的閃電擊中了導線，閃起一片電火花，數秒之後就消失了。閃電的巨大能量全部被那部神秘機器吸收了。

就這樣，我們圍繞著雷鳴電網飛了一圈，將雷鳴電網中所有電力都吸乾淨了。

隨著雷鳴電網的電力消失，整個空間急速地旋轉著，發生了扭曲。漩渦一樣的巨大空間黑洞出現在我們前方，越來越迅猛地吸收著四周的一切。

我們連忙駕駛飛機撤離，就在我們衝出裂谷的一剎那，整個大裂谷和周邊地面發生了大範圍的坍塌，猶如末日一般。

就在我們飛機的燃料快要耗盡的時候，地面的塌陷才停止了，一切歸於平靜，大地上一片塵沙迷霧。風吹之後，塵沙迷霧散去，一個巨大的盆地深谷顯現出來，如同一個巨大的漏斗。

九陰鬼域終於消除了。唯一遺憾的是，在我們逃離的時候，那部神秘機器從機艙中顛飛出去了。

由於九陰鬼域的影響消除了，姥爺很明顯地開始好轉，一點點地恢復意識。兩個多月後，姥爺終於醒了過來。他還不能說話，卻能對我微笑。他知道，我做到了，我終於解開了那個詛咒。

轉眼又是一年過去，姥爺完全康復了。出院那天，我們一起去接他。玄陰子握著姥爺的手，老淚縱橫，而姥爺的表情很平靜，他們拉著手，一起慢慢地走著。

一個月後，我結婚了。我的新娘是我一生中見過的最美的人，她一頭藍色長髮，紫眸中閃著星光，肌膚如玉。那一刻，我感覺自己是天下最幸福的人。

我們又去了馬凌山，終於在一個地方見到了泰岳。只是，我們看到的是他的照片。照片在一座新建的烈士墓碑上，穿著軍裝的泰岳笑得十分燦爛。

「以前的烈士墓被山洪沖垮了，烈士的遺體找不到了，後來只好重建了。」陵園的管理員說。

烈士的遺體到哪裡去了？我猜測，他躺在深山之中，與山香草為伴，經過了一些年月，在山香草和日月精華的滋潤下漸漸恢復了生氣。後來再次爆發了山洪，他被沖到山下，被水嗆醒了，在一所小學的後院裏遇到了一個叫方大同的孩子。而他那個時候，叫做鐵子。

人死了，還能復生嗎？

這個答案，我不知道，也沒有人能夠知道。或許，肉體無法重生，靈魂卻是不滅的。

泰岳到底是活人還是死人，我不知道，也不需要知道。

我只知道，他此刻活得很幸福。這就足夠了。

——全書完——

「年輕人，不要急著走，我們可以談談啊。」身後不遠處傳來一個男人的聲音。

傅華沒有搭理這個陌生的聲音，繼續往前走著。

身後那個聲音又響了起來：「說你呢，年輕人。」

傅華這才意識到那人是在喊他，便回過頭去，見一個六十多歲的老者，留著幾綹長鬚，瘦瘦的，正衝著自己笑，便問：

「您是在叫我？」

老人銳利的目光在鏡片後掃了傅華一下，點點頭：「就是叫你。」

傅華自嘲地笑笑：

「不好意思，已經好久沒人稱我為年輕人了，乍聽還真不習慣。我們見過嗎，老先生？」

老人搖了搖頭：「我們不認識，不過有幾句話想跟你說一下。」

傅華這時注意到了老人面前桌子上立著一塊牌子，上面寫著「鐵口直斷」四個方方正正的大字，便知道這老人是做什麼的了。他向來對這些怪力亂神的事不太相信，笑了笑說：

「老先生，我不信這個的。」

老人笑了，說道：

「年輕人，我不是想騙你的錢，只是有幾句話想跟你談談，沒別的意思。反正你現在也沒什麼事要去做，何不陪我聊聊呢？」

傅華忽然來了興趣，想想也是，現在回去，回到那個空空的家，還不如跟這個老人聊聊。他向來很尊重老者，就在老人對面坐了下來，笑道：

「老先生，不知道你有什麼指教？」

老人指了指傅華胳膊上戴的孝箍：「不知是哪位尊親仙逝？」

「家母。」

老人點了點頭：「令堂雖未享高壽，此時離世對她來說卻是一種解脫。看來她是病故的，而且是久病不治。我說得對嗎？」

傅華驚訝地看了老人一眼：「您是怎麼知道的？」

這個卜卦老者的一句話，說中了傅華母親的狀況，讓傅華心中不由得暗自驚詫。往事歷歷，禁不住如電影般一幕幕出現在眼前。

「人生就像一盒巧克力，你永遠也不知道下一顆會吃到什麼口味的。」這句經典的台詞源自《阿甘正傳》。

傅華第一次看到這句話時，剛到北京念大學。

那時他才十九歲，青春年少，野心勃勃，世界在他眼裏是絢麗多彩的，他還不能體會這句話的真正含義。當時看過就看過了，並沒有留下深刻的印象。如今斗轉星移，十二個寒暑過去，回過頭來再想起這句話，心中便多了幾分酸澀。

在傅華大四的下學期，一場突如其來的大病擊倒了他的母親，往日健壯的她變得日漸羸弱，撐到傅華畢業的時候，她只能臥床，終於徹底失去了工作能力。

傅華的父親早年因病去世，是母親支撐起了這個家，辛苦賺錢把他養大，供他讀書；現在母親這個樣子，傅華明白是應該反哺的時候了，於是，他徹底打消了繼續攻讀研究所的念頭，收拾起行李，回到了家鄉海川市。

雖然海川是個地級城市，這麼多年來還是第一次有京城念大學的學生分配到這裏工作。當時，曲煒剛到海川市上任副市長，聽說秘書處分來一個小秘書，是北京的大學畢業的，就特別點名將他要了去。

傅華是一流大學高材生，又做過學生會幹部，在校時十分活耀，各方面的能力都出類拔萃，曲煒用起來自然得心應手，因此十分賞識傅華。

一晃八年過去了，曲煒從海川市副市長做到了市長，傅華一直是他的秘書。期間，曲煒也曾覺得把傅華留在身邊做秘書似乎有些委屈了他，動過把他放出去的念頭，可是跟傅華交流意見後，卻被他拒絕了。

傅華覺得自己目前的生活重心，不在做什麼工作，而是照顧治療母親的疾病，陪在母親身旁。而留在一個賞識他的長官身邊，可以獲得很多方便，這比被放出去做一個小官對他更好得多。

這八年間，傅華想盡了一切辦法為母親治病，可是仍然沒能遏制住疾病的惡化，母親終於還是到了油盡燈枯的時候。

彌留之際，母親拉著傅華的手說：「華兒，我的好孩子，媽要走了，這些年來，是媽拖累了你呀。」

傅華看著母親，痛苦地搖了搖頭：「媽，別這麼說，能做您的兒子，是我這輩子最大的幸福。」

母親依依不捨地撫摸著傅華的臉頰：「孩子，我走了，你要好好找一個好女孩。哎，你也早該成家了。」

傅華苦笑了一下。

雖然他長得一表人才，又是遠近聞名的孝子，很多人提起他來都嘖嘖稱讚；可是真要一個女人結婚後馬上就去伺候一個常年臥床的病人，很多女孩子立即就會退卻。

尤其是那些條件好，相貌出眾的，就自然而然地打了退堂鼓；傅華又自視甚高，不肯屈就那些條件相對差的，所以過了而立之年仍是孑然一身。

海川市不同於一些大城市，適婚的年齡在二十五六歲，過了三十歲，即使是男人也算熟齡青年了。

「媽媽，您不要擔心這個，好好養您的身子，我會給您找一個好媳婦的。」傅華的聲音已經帶了哭音。

母親搖了搖頭：「孩子，我怕是看不到了。我走是一種解脫，記住，我走了以後你不要哭，以後不論發生什麼，你都不要哭；要笑，像我一樣笑。」

母親摸了一下自己的頭髮，感覺到頭髮有點亂了，就笑著對傅華說：「華兒，幫我再梳一次頭吧。」

傅華含淚點了點頭，拿起梳子給母親梳起了頭。

母親原本有些花白的頭髮在他的梳理下，變成了像雪一樣的純白，久病發青的臉此刻變成了像玉一樣的瑩白，抬頭紋舒展開了，她微笑著，慢慢地，笑容在母親慈祥的臉上凝固起來。

傅華呆坐著，看著母親的笑容慢慢黯淡下去，他終於明白這世上那個最疼他、最愛他的人已經永遠地走了，忍不住放聲痛哭起來。

母親下葬以後，傅華悵然若失。以前照顧母親是他生活的重心，現在這個重心沒了，他的心裏一下子空了一大片。

屋中似乎還迴響著母親爽朗的笑聲，母親的笑容彷彿就在眼前，可是以前這伸手可及的景象卻是那麼虛幻，虛幻得就像肥皂泡一樣，一碰就會破滅。

空間中少了最熟悉的人，一切彷彿都變得陌生和壓抑起來。

當初，傅華之所以選擇做市長秘書，是因為這份工作有穩定的收入，可以支撐他和母親兩個人的生活。現在這唯一的理由不在了，傅華覺得是應該重新考慮自己的定位問題了。

傅華信步走出了家，家裏的壓抑氛圍不適合他冷靜的思考，他需要換個地方。不知不覺，他走到了大廟一帶。這裏是海川市的舊貨市場，時常有人在這裏賣古舊書刊。傅華很喜歡在這裏淘些古書。這是他在工作和服侍母親之餘，唯一可以透口氣的地方。

由於不是週末，大廟裏擺攤的很少，也沒多少顧客，顯得有些冷清。傅華習慣性的在幾個攤子面前逛著，有一搭沒一搭地翻看著書攤上的舊書。

書攤上的書籍真假混雜，沒什麼能引起他注意的，傅華心中鬱鬱，便想離開。

一甩眼，卻看見在最後一個書攤上，放著一疊巴掌大的線裝書，便走了過去，伸手拿過來一本，只見封面上用小篆寫著《綱鑒易知錄》，字跡古奥有勁，心裏就有七八分喜歡。

翻開封面扉頁，就看到尺木堂《綱鑒易知錄》卷三的字樣，蠅頭小字，字畫清晰，一看就知道是石印本。心裏一喜，這是自己久聞其名的一套書，是清山陰吳承權編撰的通史，初刻於康熙年間，流傳很廣，很有名氣的。

傅華拿起了全部的線裝本，細細翻閱，發現這是光緒十二年的刻本，但是不全，缺失了第一本。雖然有所缺憾，傅華還是覺得這套書難得一見，決定把它買下來，便問攤主這套書多少錢？

老闆是一個五十多歲、樣貌略顯猥瑣的男子，見傅華問價，伸出了兩個手指頭，「兩佰」。

傅華笑了笑：「不值吧，這書品相很差，又缺了第一本，兩百有點貴了，你說個實在價。」

老闆看了傅華一眼：「你說多少？」

「五十我就拿走。」傅華還價道。

老闆說：「你殺得也太狠啦，這樣吧，一百，不能再低了。」

這個價格跟傅華心裡設定的價位差不多，他掏出一百塊錢遞給了老闆，拿起《綱鑒易知錄》轉身就要離開。

就在這時候，眼前的這位老人出現了。

傅華笑了笑說：「老人家，您倒是真的是鐵口直斷啊。」

老人笑笑，說道：

「其實也沒什麼啦，這都是可以推斷出來的，你年紀不大，此時母親逝去，自然未得高壽；從面色上看，你雖悲傷，卻也不無輕鬆之意，想來令堂的離去對你和她本人並不完全是壞事，所以我猜她是久病不治。」

傅華點了點頭：「老人家您推算的很準。」

老人接著問道：「你眼下是不是有遠行之意？」

傅華再次感到震驚了。

不錯，他是想要離開海川市。母親病倒，他不得不留在海川，因此他對海川更多的是痛苦記憶，現在母親病逝，他對海川最後的一點留戀也沒有了，因此正打算辭去秘書一職，離開海川呢。

傅華奇怪老人是怎麼看出自己的想法的，一邊點了點頭，確認了老人的猜測。

「你眼神空茫，對身邊的事物毫不留意，說明海川已不在你心裏，我因此說你有遠行之意。」老人說，「能講一下你準備去哪裡嗎？」

「北京。」傅華說。

北京是他求學之地，他人生中最美好的一段時間就是在北京度過的，因此離開海川，北京是他的首選。

「我們海川市地處東方，五行屬木；北京在我們的北方，五行屬水，是相生之地，此去倒是很有利於你的發展。」老人捻著自己的長鬚，搖頭晃腦地說。

傅華遍覽群書，對於五行生剋略為知道一點：水生木，是五行中的相生關係，這一點倒不假。

雖然老人一下就說中了母親久病不治和自己將要遠行之事，傅華還是覺得老人的話並沒有什麼新意，便站了起來說：「老先生，我要付多少錢？」

老人笑了：「跟你講不要錢的，你稍安勿躁好不好，我的話還沒說完呢。」

傅華只好再度坐下，笑笑：「老先生，有什麼話儘管講吧。」

老人看了傅華一眼：「年輕人，如果我沒猜錯的話，你是想徹底了斷在海川的一切，是吧？」

傅華苦笑了一下：「老先生，就算我不想了斷，海川也沒有可令我牽掛的東西了。」

老人搖了搖頭：

「年輕人，不要一時意氣，雖然海川能夠給你的美好記憶不多，可是這裡畢竟是生你養你的地方，你的血液中流著海川的氣息，你就算走到天邊，別人還是可能一眼就看出你是海川人，這又豈是說斷就能斷的。」

傅華苦笑了一下：「老先生，你這麼說豈不是自相矛盾？你剛剛說過北京很適合我發展，現在又說不能斷了跟海川的聯繫，真不知道我應該如何做。」

老人笑了：「這並不矛盾啊，你可以去北京發展，但是必須是立足於海川的基礎之上。」

傅華笑了，心說：這老頭兒為了糊弄我幾個錢還真賣力，竟然連這樣的話都會說出來，玩心上來，就問道：「老先生，你說了這麼多，不知道能不能告訴我下一步可能的發展方向？」

「亦官亦商。」老人說話的語氣很堅定。

傅華越發覺得老人說得不靠譜了，這已經不是封建時代，還可以有什麼紅頂商人，雖然也還有國營企業，但國營企業更靠近民營，官營的屬性淡化了很多。再說，自己眼下根本就沒有進入國營企業的打算，亦官亦商又何從談起？

傅華心裡覺得老人有點瞎說，越發沒有談下去的興趣，就說：「老先生，你也費了半天口舌了，要多少錢可以說說啦，不然的話我真要走了。」

老人笑著搖搖頭：「說了不要錢的，我只是想跟你談談；你如果想走，馬上就可以離開。」

傅華笑著站了起來：「我真要走了！」

老人攤開了手：「隨便。不過，年輕人，你的天資極高，希望你日後能好好琢磨一下我今天跟你說的話。」

第二天，傅華結束喪假回市政府上班。

雖然昨天那位老者最終也沒向他索要一分錢，但他還是覺得那套說辭是故弄玄虛而已。因此，不但沒有打消要離開海川市的念頭，反而這種心情更加強烈了。

他一上班就找到了曲煒，想要提出辭職的事。

曲煒見到傅華，笑了笑：「回來上班了？嗯，精神還不錯。」

傅華苦笑說：「我該為母親做的，在她生前都做了；現在她老人家已經走了，我再傷心也沒什麼用啊。」

曲煒點了點頭：「是啊，生前盡孝強過死後空悲傷百倍，你這話說得很有阮籍之風啊。好啦，既然回來上班了，那就好好工作吧。」

傅華看了看曲煒：「曲市長，這麼多年您一直很照顧我，我在這裏向您表示由衷的感謝。」

「等等，傅華，我怎麼覺得你今天說話味道有些不對啊？」

曲煒詫異地看著傅華，敏感地意識到傅華話中有話：

「你是不是有什麼特別的事情要跟我說啊？」

傅華點了點頭：「曲市長，您也知道我是為什麼回海川市的，現在我母親走了，我覺得也是離開海川市的時候了。」

「你想幹什麼？傅華，我們相處也有八年了，就一點情誼沒有？你怎麼說走就要走呢？」曲煒有些急了。

這些年，他得了傅華很大的助力，傅華不僅是他的文膽，也是他的智囊。在很多關鍵時刻，傅華的建議中肯到位，讓曲煒受益匪淺，他當然不捨得這個有力的助手離開。

傅華苦笑了一下：「曲市長，我知道這些年您一直很賞識、很照顧我，我這個秘書說實在的，也做得很不成功。」

確實，曲煒考慮到傅華家裏有一個病臥在床的老母親，有時候就會自己擔當起一些原本是秘書該做的工作，好讓傅華可以多一點時間照顧母親。這也是傅華感到幸運的一點，他遇到了一個很好的上級，因此心裏對曲煒十分感激。

曲煒有些不滿：「你既然知道為什麼還要離開？」

傅華說：「可是做秘書不是我的志向。」

曲煒笑著點了點頭：「我明白你為什麼選擇進政府做秘書，無所謂啊，我早就想把你放到下面鍛煉一下啦。現在你母親去世了，你也沒了牽絆，正好放手幹一番事業。我可是看好你的。」

傅華苦笑著搖了搖頭：「抱歉，曲市長，我對這些不感興趣。海川給了我太多苦澀回憶，在這裏我總覺得很壓抑。」

曲煒撓了撓頭，他也知道傅華在海川市過得並不愉快，尤其是婚姻方面。傅華要才有才，要貌有貌，如果沒有臥病在床的老母，不知道會有多少女孩爭著要嫁給他。但不幸的是，傅華的老母親是現實存在的，而他又事母至孝，一直堅持要把母親留在身邊奉養，不肯將她送到養老院去。這就讓很多女孩對傅華敬而遠之了。

曲煒也曾親自出面為自己這個得力的助手做媒，但最後都因為這一點而沒有成功，一晃傅華都成了大齡青年了。

不過，曲煒覺得現在傅華的母親已經去世，這個對傅華婚姻最大的障礙已經去掉，如果再加上自己市長的威勢，解決女人這個問題不會太難，就笑著說：

「傅華啊，我知道這些年你在擇偶方面受了一點挫折，不過你母親已經去世，你再找對象應該不成問題。說吧，有沒有看好的，有的話告訴我一聲，我親自出面給你做媒。」

傅華淡然一笑，原本他肯接受相親這一類的安排，是想找一個說得過去，同時又能伺候母親的女人，重要的是他是為了母親著想才接受相親的，現在母親已經不在了，他也沒有了接受相親的理由。

傅華說：「這方面大概需要緣分吧，我現在一個人習慣了，也不著急。」

曲煒看了看傅華：「看來你去意已決了？」

傅華說：「對不起，曲市長，您是一位很好的師長，按說我應該留在海川，可是這裏實在讓我感到太壓抑，我不得不離開。」

曲煒問：「你有去向了嗎？」

傅華說：「我想去北京。」

「去北京做什麼？」

「我目前還沒有想好，我想先去北京，找找我大學的老師和同學，然後再做決定。原本教我的張凡老師很欣賞我，當時就想要留我讀他的研究生的。」

「胡鬧，你什麼譜都沒有，貿然去北京幹什麼？你要知道北京是繁華之地，一舉一動都是要花錢的，一旦撲空，你在北京要如何生存？傅華啊，你想事情不能這麼簡單吧？」

傅華苦笑了一下，雖然曲煒說話的口吻飽含指責，但他知道曲煒是關心他才這麼說的，確實他因急於逃離這裏，行事有些草率了。

傅華說：「我沒有想那麼多，車到山前必有路，相信以我的能力在北京不會吃不上飯的。」

傅華之所以心中有底，是因為他知道他大學的幾個同學在北京發展得還不錯，去投奔他們吃口飯應該不成問題。

曲煒還是不捨得放走傅華，繼續勸說道：

「傅華啊，你在海川也經營了八年，你捨得就這麼拋棄嗎？而且有我支持你，你盡可以在海川放開手腳大幹一番，這裏同樣可以做出一番事業的。」

傅華說：「曲市長，我知道在您的支持下，我在官場上的發展肯定順風順水。但您應該瞭解我這個人，我喜歡做事勝於做官。」

見傅華說道喜歡做事勝於做官，曲煒心中忽然想到了一個既能把傅華留在身邊，又能讓傅華達成心願的去處，只是，這是一個在海川出了名的麻煩所在，而且事務繁雜，幾任主官都沒有把這個地方給搞好，曲煒怕傅華未必肯接受。

不過，請將不如激將，不如激一下傅華試試。

曲煒便笑了笑說：「傅華啊，我這裏倒有一個職務很適合你眼下的想法，是個做事勝於做官的去處，只是，我怕你會挑不起這個擔子啊。」

傅華笑了，他是一個很有自信的人，不相信還會有他搞不好的地方，就問道：「什麼地方啊？」

「海川市駐京辦事處。」

傅華愣了一下，這個海川市駐京辦事處確實是一個很麻煩的地方。

海川市官場上的人私下都把海川市駐京辦事處稱作「百慕達」，因為這裏不但做不出成效，反而有官員在這兒接二連三的折戟沉沙，不是因為貪污受賄被舉報，就是爆出跟女同事上床之類的醜事。幾番折騰下來，海川市的官員們都視駐京辦事處為畏途。

所以自上一任駐京辦主任郭力因為挪用公款被抓之後，海川駐京辦事處主任一職一直空缺，辦事處只好由副主任林東以副職代理工作。

時間已經過去半年多了，主任人選還是難產。

傅華知道，海川市駐京辦事處肩負著一聯、兩接、三協助六項工作。一聯：是聯繫當地在京名人，包括從海川市起家的老幹部、將軍到學者，甚至歌星，這些人對海川市的發展都有用處；兩接：一是接待來京的海川市領導，二是接訪、接待送返來京上訪群眾；三協助：是協助海川市招商引資、提供資訊、服務海川市在京務工人員。

這裏面的每一個單項工作要做好都是很不容易的，何況六項工作集於一身。尤其是接待送返來京上訪的群眾尤為重要，也是最難做的一件事情，往往是吃力不討好。

同時，隨著國家發展的重心日益朝向經濟導向，招商引資工作已經成了駐京辦的一個重點工作，但是海川市駐京辦設立這幾年以來，在這方面毫無起色，惹得曲煒直罵駐京辦只會搞些歪風邪氣，一點正事不做。

這個地方倒確實是做事勝於做官的，由於駐京辦的重要性和游離於權力中心之外，一個成功的駐京辦主任往往會一任多年，很難被取代，自然也很難升遷。只是，這樣一個地方，自己能搞好嗎？傅華心中未免有些打鼓。

曲煒看傅華不說話了，知道他有些畏難，笑了笑說：

「算了，駐京辦這副擔子確實不好挑，你暫且不要著急，等我想想還有沒有其他合適的位置可以讓你去做。」

傅華自然不會聽不出曲煒激將的意味，不過他細想一想，這駐京辦主任倒不失為自己登上京城舞臺的一個好的臺階。

他已經過了而立之年，不是剛畢業的毛頭小夥子了，再去屈居於同學之下，向他們要一碗飯吃，這個滋味並不好受，何不選擇這個獨當一面的職位呢。

是啊，這個職位要做好，有著一定的困難，但對於一個有能力的人來說，困難更多反而是意味著機遇，意味著挑戰，而不是退縮。

再說，自己現在的心情很難在海川待下去了，傅華決定接受這個職位。他說：「曲市長，我願意去海川駐京辦。」

現在變成曲煒悵然若失了，雖然是他激將讓傅華去接駐京辦這個位置，可是想到傅華真要離開自己去北京，他還是有些不捨。同時，他也知道駐京辦確實很難搞好，很可能成為傅華的「滑鐵盧」，他心裏又有些後悔提出這個建議。

心中百味雜陳，曲煒嘆了口氣，拍了拍傅華的肩膀：

「傅華啊，記住，我始終拿你當我的弟子看，駐京辦主任這個位置我會為你安排的。不過如果你做不下去了，跟我說一聲，我會將你調回來的。」

傅華自信地搖了搖頭：「不會有那一天的，您放心吧，我會做出成績讓您看的。」

在海川市市委書記孫永的辦公室，當孫永聽到曲煒想要傅華出任海川市駐京辦事處主任之時，詫異地看了看曲煒，問道：

「老曲啊，讓傅華去合適嗎？這可是一塊好材料，可堪大用，別廢在駐京辦了。」

雖然孫永和曲煒之間並不是十分和睦，但是孫永還是很賞識傅華的，一來，傅華實實在在是個孝子，孫永是一個很尊重傳統的人，對孝子天生就有好感，他認為傅華這個人在德性這方面可堪表率，這在時下的官場已經是很少見的了；另一方面，傅華的才能也是有目共睹的，孫永甚至有些遺憾他到海川的時候已經被曲煒所用。

基於這兩點，孫永是不希望傅華被不恰當使用的。

曲煒苦笑了一下：

「孫書記，你當這一點我不知道嗎？我也是沒辦法。傅華因為他母親去世了，對海川市已經沒有了牽掛，想要離開市裡去北京發展，我自然不捨得放他，就想到了這個駐京辦主任的安排，他這才答應留了下來。」

「傅華這樣的人才是不能輕易放走的。」

孫永點了點頭，說道：

「細想起來，其實傅華倒是一個很恰當的駐京辦主任人選。他讀過北大，而北大的弟子遍佈京師，人脈肯定是不缺的。傅華這個人很有自己的原則，海川駐京辦雖然亂，也不一定能動得了他的心志；只要他潔身自愛，駐京辦對他來說，將會是一個很好的舞臺。老曲啊，你這一招高啊。既留住了人，又解決了駐京辦的問題。」

曲煒心裏明白他的安排與孫永取得了一致，便搖了搖頭說：

「我比較擔心的是傅華一直跟在我身邊當秘書，沒有獨當一面的經驗，我不怕他個人行為上出什麼問題，我怕他擔不起這個擔子。」

孫永說：「你這個顧慮不無道理，對這個同志，我們可以多愛護一點，不行就把他再抽回來。」

曲煒暗自搖了一下頭，他知道傅華是一個心高氣傲之人，這一去，成功還好，失敗了的話，他肯定更不想回來了，但這些話他並不想跟孫永說，只是說：

「也好，那就只好先這樣了。」

孫永和曲煒取得了一致。

不久，常委會就通過了對傅華新的任命，他被正式任命為海川市駐京辦主任。

任命公佈後，曲煒又專門跟傅華談了一次，特別提到了海川駐京辦的副主任林東。

曲煒說：「傅華，你這一去，林東肯定不會高興，我聽別人說，私下裏林東托了很多人，想把自己扶正，可是我和孫書記都認為他能力不夠，所以一直沒讓他如願。據說前幾任駐京辦主任出事，都是林東在背後搞的鬼。為了你順利開展工作，你看有沒有必要將林東調離駐京辦？」

傅華想了想，說：

「還是把林東留在駐京辦吧，一來，他是駐京辦的老人，對駐京辦的工作比較熟悉，留下他對我還是有幫助的；二來，有這麼一個人在旁邊盯著我，也能讓我時刻提醒自己，不要違背了有關紀律。」

曲煒笑了：「傅華，你能這麼想我就放心多了。」

傅華早早地就登上了飛往北京的飛機，然而，當他發現真正要離開海川的時候，心中還是難免有些傷感，有些眷戀。

人是一種有感情的動物，海川畢竟是生他養他的地方，也是他工作過的地方。望著窗外那些熟悉的景色，傅華心頭忽然升騰起一種莫名的彷徨：此去北京會是個什麼樣子呢？他心裏一點底都沒有。

在得到了駐京辦主任的任命之後，傅華想起了那天在大廟市場攔住他，非要跟他談談的那個所謂的「鐵口直斷」的老人。

這一切還真叫他給說中了，自己確實選擇了一個既跟海川市有聯繫，人卻又在北京的工作，這個工作在某些方面也確實有著亦官亦商的特徵。

傅華生平第一次對這種被稱作迷信的算命有了某種程度上的信服，他很想再找到這個老人，向他詢問一下到北京該如何開展工作，因為雖然他在曲煒面前表現得信心滿滿，其實內心中對如何開展工作的思路一點都沒有。

但是，傅華找遍了大廟，竟然再也找不到這個老人的蛛絲馬跡，就連那天賣尺木堂《綱鑒易知錄》給他的那個書攤老闆，也一口否認大廟市場上有過這樣一個卜卦老者。可傅華明明記得當時那個老人的攤子就擺在緊鄰書攤的地方，那個老人就是看他買書才攔住他的。

難道這一切從來沒發生過嗎？

傅華站在大廟裏環顧四周，他看到了遠處廣場上幾個孩子在放蝴蝶風箏的畫面：蝴蝶張揚著華麗的色彩在高空中飛舞，耳邊又迴響起那個老人的聲音：

「你就是那只紙鳶，必須有一根海川的線牽著你才能飛得更高，否則你只會一敗塗地。」

這一切怎麼會那麼詭異？真實得彷彿就在眼前，可是為什麼會沒人見過那個老者呢？傅華百思不得其解。

這一切只好先暫時擱到一邊，眼下要面對的是如何打開駐京辦工作局面的問題。曲煒叫他不要急，先熟悉一下情況再說，可是傅華是很瞭解這些領導幹部的想法的，他們嘴上雖然說不急，可是你真的在短時間之內沒做出點成績來，他們就會對你有所失望的。

而領導對你失望，就意味著你失寵了。

雖然傅華不想去爭這個寵，可是他也不想讓曲煒對自己失望。曲煒這幾年對他有賞識提拔之恩，就衝這一點，傅華也覺得要做到最好。何況傅華是一個對自我期許很高的人，他的字典裏面容不得「失敗」這兩個字。

再就是要如何解決林東的問題。

傅華不同意將林東調離，一方面確實有他跟曲煒說的那個理由，另一方面，傅華知道林東已經將家安在了北京，如果將他調回海川，林東的處境必然會十分尷尬。

自己會不會有點婦人之仁了？

傅華這些年一直受著曲煒的庇護，還真沒跟什麼人發生過爭權奪利的鬥爭。他知道林東一直夢寐以求駐京辦主任這個位子，一定會不高興他的到來，甚至會對他產生敵意。前車之鑒擺在那裏，林東的幾個前任不都是被他弄倒擠走的嗎？

傅華認為自己不是那種小肚雞腸的人，官場上的寬容是很重要的。他可以視林東為他的搭檔，可是怎麼能保證林東不會把自己當成對手來挑戰呢？

傅華正在胡思亂想著，頭頂忽然有一個很好聽的女聲：

「先生，麻煩你讓一下，我的座位在裏面。」

傅華應聲抬起頭來，不禁呆了一下，眼前這個女人真是太漂亮了，不是，不應該用漂亮來形容，僅僅用漂亮是不足以形容這個女人的。漂亮只是說這個女人長得好看，這個女人不僅僅長得好看，舉手投足之間還帶著一種高雅的氣質。

傅華腦海裏浮現了一個詞，國色天香。想不到海川市竟然有這樣的尤物。

女人見傅華在發呆，莞爾一笑，她大概看過太多的男人在自己面前這種德性了，很淡然地又叫了一聲：「先生……」

傅華回過神來，連忙站了起來，讓女人走進去，這才坐下。

經過這一番站起坐下，傅華的心神已經鎮定了下來，心說：難怪古人說美人一笑能攝人魂魄，眼前這個女人驚人的美麗，確實讓男人不由自主地有一種想要擁有她的衝動。

傅華暗自覺得自己好笑，他畢竟還沒有修煉到心如止水的境界。但傅華也很清楚這種豔麗不可方物的女人，並不是他這種身分的人可以消受的，同時，也為了不再被女人的美色所動，索性把頭轉向了另一邊，心想我不看你總行了吧？

飛機終於起飛，很快就飛到了雲層之上開始平穩飛行。傅華鬆了一口氣，他按了一下耳朵，因為飛機起飛氣壓的變化，耳膜生疼。

身旁的女人鬆開了安全帶，傅華可以感受到女人似乎在打量著他，他不敢轉頭去看，只是心虛地摸了摸靠近女人那一側的臉，他懷疑臉上是不是不小心抹了什麼髒東西，他還是第一次覺得這麼不自信。

女人可能很少見到在她面前這麼自持的男人，她的人生閱歷複雜，見慣了狂蜂浪蝶，便更覺得這種不為女色所動的男人的可貴，好奇心起，就有了跟傅華攀談的念頭。

「先生，你是去北京旅遊呢還是工作？」女人笑著問。

傅華沒想到女人會主動跟他攀談，看了女人一眼，這一次，他事先有了心理準備，便表現得很平靜，笑了笑：「我是被派去北京工作的。」

「你們單位在北京有分支機構？」

「我們在那裏有個辦事處。對了，你是海川人嗎？」傅華這麼問，是因為這個女人說一口流利的普通話，不帶絲毫的海川口音。

「我是道地的海川人，你為什麼會這麼問呢？」

「因為你說話一點海川腔都沒有。」

「哈哈，我在北京待了有幾年了。」

「你在北京做什麼？」

「做買兒賣唄。」

傅華笑了，女人的這句「做買兒賣唄」是道地的海川話，讓他不由得感到了一絲親切，便說道：

「我這次去北京，是要到海川市政府駐京辦事處工作的，辦事處其中一項功能就是服務海川在京工作的人員，日後有什麼需要，可以到駐京辦事處找我。」

女人笑了笑，沒說好，也沒說不好。

相對論說得好，有美女在身旁，時間會過得特別快，談笑間飛機就到了北京。

走出空橋，拿了各自的行李之後，傅華笑著對身邊的女人說：「有人來接我，要不要順便送你？」

女人優雅地搖了搖頭：「我也有人來接。」

「那就再見啦！」傅華說著，向女人伸出了手。

女人輕輕地握了一下傅華的手：「再見！」

傅華往外走，很快就見到了來接機的林東，倆人握了握手，林東把傅華的行李接了過去，說：「傅主任，車在外面，我們走吧。」

倆人走出了機場大廳，上了外面的奧迪車。

上車的時候，傅華注意到那個女人上了一輛很豪華的寶馬750，心想：這個女人果然有些來歷。這才想到攀談了半天，竟然忘記問女人的姓名了，心裏未免有些遺憾。

海川駐京辦事處坐落在北京東城區西北部的菊兒胡同裏，租住的是一戶小四合院。

菊兒胡同歷史悠久，據說始建於明朝，屬昭回靖恭坊，當時稱局兒胡同。清朝屬鑲黃旗，乾隆時稱桔兒胡同。宣統時稱菊兒胡同。民國後沿稱。

這裏的內三號院、五號院、七號院是清直隸總督大學士榮祿府邸，於一九八六年定為東城區的文物保護單位。

菊兒胡同是北京少有的幾個還保留著舊有風貌的胡同之一，這裏在九十年代初期以都市更新的方式進行過改建，在保有私密性及居民現代生活需要的同時，利用跨院與傳統四合院重新規劃，保留了中國傳統住宅重視鄰里情誼的精神。因為這種改造風格，還獲得過聯合國的世界人居獎。

傅華以前隨曲煒來過這裏，他很喜歡這種保留原本的城市肌理的改造方式，尤其是改造過程中保留了原來的老樹，四合院依老樹而建，平添了一份古雅和生氣。

雖然以前來過，但傅華並沒有在這裏住過，這裏雖然經過改建，但總不及賓館的豪華與方便，所以曲煒帶傅華來北京，一般都住在外面的酒店。辦事處這裏只有辦事處的工作人員和來京的一般幹部會住。

到了辦事處，林東將傅華領到了一間臥室說：

「原來郭主任就住這個屋子，傅主任如果沒什麼意見，還住這個屋子吧。」

傅華看了看房間內部，看得出來這裏面經過了小小的裝修，他知道很多長官都忌諱用出過事的前任用過的東西，包括辦公室和住處，但傅華並不相信這些，就說：「挺好的，我就住這裏吧。」

林東臉上閃過一絲詭譎的笑：

「傅主任，辦事處的工作是不是現在跟你交接一下？」

林東詭譎的笑容並沒有逃過傅華的眼睛，他知道這個助手大概期望自己住這間屋子，好早日出事，他好取而代之。傅華心裏冷笑了一聲：

「林東啊，你如果老老實實做好本職工作，我就不為難你。你如果還想把我當成幾個前任主任那麼對付，那可是你自己找死，就別怪我對你不客氣。」

不過，傅華心裏還沒考慮好要如何降服林東，就笑了笑說：「我坐飛機已經很累了，有什麼事情明天再談吧。」

林東笑笑：「那你先休息，我明天再跟你彙報。」

**更精彩的內容，請看最新出版的《官商鬥法》**

# 我抓鬼的日子 之十 不死情緣(大結局)

作者：君子無醉
發行人：陳曉林
出版所：風雲時代出版股份有限公司
地址：105台北市民生東路五段178號7樓之3
風雲書網：http://www.eastbooks.com.tw
官方部落格：http://eastbooks.pixnet.net/blog
Facebook：http://www.facebook.com/h7560949
信箱：h7560949@ms15.hinet.net
郵撥帳號：12043291
服務專線：(02)27560949
傳真專線：(02)27653799
執行主編：朱墨菲
美術編輯：許惠芳

法律顧問：永然法律事務所 李永然律師
北辰著作權事務所 蕭雄淋律師

版權授權：蔡雷平
初版日期：2015年4月
初版二刷：2015年4月20日
ISBN ：978-986-352-072-6

總 經 銷：成信文化事業股份有限公司
地　　址：新北市新店區中正路四維巷二弄2號4樓
電　　話：(02)2219-2080

行政院新聞局局版台業字第3595號 營利事業統一編號22759935


定價：280元　特價：199元


國家圖書館出版品預行編目資料

我抓鬼的日子 ／ 君子無醉 著. -- 初版-- 臺北市：風雲時代，
2014.6 -- 冊；公分

ISBN 978-986-352-072-6（第10冊；平裝）

857.7　　103013689